SF

靖难风烟

何涛·著

科幻蓝本
文库本

天津出版传媒集团
百花文艺出版社

图书在版编目（CIP）数据

靖难风烟 / 何涛著. -- 天津 : 百花文艺出版社,
2025. 3. -- ISBN 978-7-5306-9033-8

Ⅰ. I247.5

中国国家版本馆 CIP 数据核字第 2025G7M559 号

靖难风烟

JINGNAN FENGYAN

何涛　著

出 版 人：薛印胜
丛书策划：成　全　　**责任编辑：**成　全
装帧设计：丁莘苢　　**营销专员：**王　琪
出版发行：百花文艺出版社
地址：天津市和平区西康路 35 号　**邮编：**300051
电话传真：+86-22-23332651（发行部）
　　　　　　+86-22-23332656（总编室）
　　　　　　+86-22-23332478（邮购部）
网址：http://www.baihuawenyi.com
印刷：天津鸿景印刷有限公司
开本：710 毫米×1000 毫米　　1/32
字数：72 千字
印张：8.875
版次：2025 年 3 月第 1 版
印次：2025 年 3 月第 1 次印刷
定价：32.00 元

如有印装质量问题,请与天津鸿景印刷有限公司联系调换
地址：天津市宝坻区马家店工业园区金广路
电话：(022)29644216
邮编：301800

作者简介

何涛

　　新锐科幻作家。曾获全球华语科幻星云奖、晨星科幻奖、光年奖等奖项。已出版长篇科幻小说《人机战争》三部曲。作品《绣春刀：神之血脉》发表于《科幻立方》2021年第1期，入围第二十届百花文学奖·科幻文学奖。

目录

01

明建文二年春四月,白沟河。

红日将沉,黑衣老僧立在山冈上,遥望南方。

兵甲交击的铿锵和濒死的哀号随风传来,视野中,难以计数的尸体倒伏在河边,鲜血染红了大地,往日清澈的河水也是一片血红。

旌旗如林,刀剑和长矛在阳光下闪动着凛凛寒光。两支大军正在河畔厮杀,从辰末至酉初,这一仗已持续了将近五个时辰。

黑衣老僧没有留意战场中其他人,他的目光

始终追逐着那面迎风招展的"朱"字帅旗。旗下那位身穿金盔金甲的男子叫作朱棣，是黑衣老僧侍奉的大明藩王，也是这一仗最关键的人物。

对方是李景隆率领的平叛大军，号称足足有六十万之众，漫山遍野，声势极其浩大，虽经过了几个时辰的激战，队形仍严整不乱，透着一股让人难以忍受的压迫感。

老僧并不赞同朱棣亲临战阵，但他也没有更好的主意。敌众我寡，朱棣唯有亲自率兵，才能激起部下奋力杀敌的勇气。

朱棣高举长剑，率领麾下亲卫队向南军战阵猛扑。枪矛交错，羽箭横飞，他胯下的战马连中数箭，哀鸣着扑倒于地，朱棣也跟着摔倒在战场上。观战的黑衣老僧微微一抖，左手不由自主地伸进怀里，摸出了一样东西。

南军士卒欢呼着拥上前来，还好朱棣的亲卫

队拼死抵抗,将朱棣扶上另一匹战马,拥着他且战且退。见此情景,黑衣老僧稍稍放下心来,又将那东西塞回了怀里。

南军士气正旺,更有数支后备队按兵未动,还不到使用这东西的时候。

李景隆率领的这支大军可谓举倾国之力。这一仗必须赢,而且要取得压倒性的大胜,这样建文帝才会元气大伤,再无力组建平叛大军。

战斗仍在持续,对面的明军旌旗摇动,马蹄踏踏,数支后备队全部出击,分别向战场左右两翼包抄,要将朱棣的燕军一网打尽。

时候到了。

黑衣老僧取出怀中那物,端端正正地摆放在面前的一块大石上,然后望向战场,双手合十,口中喃喃低语,庄重地行了一礼。

狂风骤起，刹那间飞沙走石，天昏地暗。

风声呼啸，从北方席卷而来，无数旗帜都被这突如其来的狂风吹折，面北而立的南军兵卒几乎睁不开双眼，朱棣的燕军却丝毫不受影响。

朱棣抓住机会，立即号令部下展开反击。燕军借着风势向对方猛扑，南军无法抵挡，只能四散奔逃，战局顿时逆转。

黑衣老僧手搭凉棚，凝目望着战场。许久，他才放下手臂，轻轻叹了一声："战事已经无虞，我们走吧。"

一名戴着斗笠的黑衣人从旁边走来，挽住黑衣老僧的胳膊，缓步向山冈下走去。

/02

明永乐十二年秋,南京。

路边一间酒馆里,赵敬忠独自坐在角落,手里端着一杯酒,迟迟不肯送到嘴边。酒馆里食客并不少,每一张酒桌旁都挤满了人,唯独赵敬忠这桌只坐着他自己。

赵敬忠明白,别人之所以不敢和他同坐,是因为他身上的飞鱼服,还有腰间那把绣春刀。

赵敬忠是一名锦衣卫,隶属南京镇抚司。

如今的朱棣早已不再是燕王，而是大明皇帝。靖难一役后，朱棣刚刚登上皇位，就下诏改北平府为顺天府，锦衣卫也被分为两个镇抚司，一在北京，另一在南京。

　　赵敬忠就是锦衣卫南京镇抚司的一名总旗，他在这个位置上已经待了将近十年。

　　最近赵敬忠听到一个消息，北京锦衣卫镇抚司准备改制扩编，分为南北两个镇抚司，北司负责诏狱，南司则主管军士户籍卷宗。

　　锦衣卫不仅仅掌管刑狱、巡察缉捕，同时还是皇上的侍卫亲军，负责皇上的安危。之所以设立北京锦衣卫，则是因为大明皇帝并不在南京。为对抗大元余孽，皇上常年居住北京，在北京新设六部五寺，而命太子留居南京监国，并派国师姚广孝辅佐。

　　皇上常住北京，南京六部也就成了摆设，整

日无所事事。卫所每个人都知道,迁都北京是早晚的事,北京镇抚司改制,也是在为日后迁都做准备。

大家都在找门路托关系,希望能调往北京镇抚司。日后北京就是大明的国都,调到北京镇抚司,不仅办案有功劳,还可以随军出征,立下战功。而南京镇抚司虽然也有缉捕巡察的权力,却无事可做,只能待在任上消磨时光。

赵敬忠不想一辈子做个总旗,他也想调往北京,又苦于找不到门路,所以一直闷闷不乐。

"赵头,你又一个人喝闷酒哪!"

一位身着飞鱼服的年轻人走进酒馆,径直坐在赵敬忠对面,毫不客气地拎起酒壶给自己倒了一杯酒,仰脖一口喝干,又抓起几粒花生米丢进嘴里,有滋有味地嚼了起来。

来人叫段诚，是赵敬忠的手下，也是他最信得过的兄弟。

赵敬忠放下酒杯，也夹起一粒花生米丢进嘴里，边嚼边问："今天不是不当值吗，找我干什么？"

段诚左右张望一下，看看无人注意，才凑到赵敬忠面前，压低声音说："赵头，我听胡老八说，凌总旗好像找到了'那个人'的行踪。"

赵敬忠正想去端酒杯，听到这话却微微一怔："真的？"

"千真万确！"段诚又往前凑了凑，眼中闪动着几分亢奋，"昨天胡老八说漏了嘴，吹牛说他马上就要升官发财了。我觉得不对劲，就拉着他去喝了一顿，那小子喝醉了才告诉我的。"

在南京镇抚司，升迁的唯一机会，就是找到

"那个人"。

永乐二年的某天，当时还是百户的左君候召集全部手下，取出一张画像并告诉大家，日后，南京的镇抚司之首要任务就是找到画像中人。无论是谁，只要找到此人，就能连升三级。

有人悄悄告诉赵敬忠，画像中的人，其实就是建文皇帝朱允炆。

当年朱棣攻破南京，皇宫内燃起了熊熊大火。等火被扑灭后，兵卒从灰烬中扒出了几具尸骸。有人说其中一具尸首就是建文帝朱允炆，也有人认为死者与建文帝身材不符，朱允炆早已趁乱逃走。

朱棣对着尸骸痛哭一番，继位之后，立即下诏废除了建文帝的年号，改建文四年为洪武三十五年，又将忠于建文帝的大臣全部处死。从此，大家对"建文"二字便闭口不谈。

至于画像中人，镇抚司不敢称其为建文帝，又不敢直呼其名，所以就以"那个人"相称。

此后，因为大批人手调往北京镇抚司，左君候补缺得以升任千户，也是同样的原因，赵敬忠当上了总旗。

从永乐二年至今，十余年来，南京镇抚司上下人等几乎走遍了大明的每一寸国土，甚至有人变装易服，前往他国暗访。然而，始终没能找到画像中那人的下落。

整整十年查无此人。包括赵敬忠在内，南京镇抚司所有锦衣卫都失去了耐心，对升迁的希望也在日复一日的寻访中消磨殆尽。

但皇上始终没有收回诏命，锦衣卫还要继续寻找"那个人"。

赵敬忠端起酒杯，送到唇边呷了一口，摇着

头说:"这么多年来,相貌酷似的倒是找了不少,只怕这次也是一样。"

段诚摇摇头:"不一样,这次不一样。今儿一大早,天还没亮,凌总旗就带着手下出城去了,我一直跟到江东门外,看着他们过了江东桥,这才赶回来寻你。"

看赵敬忠不言不语,段诚又补充道:"据胡老八所说,凌总旗并没有说那个人藏在哪里,而是反复叮嘱他们不要泄露消息。依我看,凌总旗肯定是查到了那人的下落,遮遮掩掩,只是想独占功劳!"

十多年来,南京锦衣卫这么多号人都找不到那人的下落,就凭他凌振?赵敬忠略带轻蔑地笑笑,一口饮尽杯中酒:"独占功劳?凌老九没这个本事。"

段诚有点着急,又向前探探身子,低声问:

"赵头,你说咱们跟不跟？"

赵敬忠揉揉鼻尖，捏起一粒花生米丢进嘴里,摇手道:"不跟。"

03

还没进镇抚司卫所大门，赵敬忠就发觉有点不对劲。大门口空空荡荡，二门外却聚着足有上百号人，个个都伸长了脖子向内张望。

"看耍猴呢？都给我散了！"百户马乘风的吼声隔着人墙传了出来。

人群四下散开，赵敬忠在其中瞥见了段诚，忙一把扯住，问道："出了什么事？"

段诚正要回答，二门后又响起了试百户张易之的声音："赵敬忠，进来。"

"是。"赵敬忠顾不上追问，整整衣冠，快步走进二门。

卫所大堂前的空地上，整整齐齐地摆放着七具尸首，千户左君候、百户马乘风、试百户张易之等人站在尸首边，一个个双眉紧皱。

这几具尸首都穿着便服，远看辨不出身份。赵敬忠上前几步，低头看看，不由得吃了一惊，脱口道："是……凌总旗的手下？"

左千户捻着颌下短须，低头不语。旁边的张易之点头道："是的，今儿一大早，几名渔民在江边发现了这几具尸体，咱们的人赶过去之后，才认出是凌总旗手下的弟兄。"

连杀七名锦衣卫，此案非同小可。据段诚所说，凌振发现了"那个人"的行踪，难道因此才会被杀人灭口？赵敬忠有点发呆，沉思片刻，又问道："凌总旗人呢？"

张易之缓缓摇头："目前下落不明。"

马乘风指指地上的尸首："老赵，你看一下他们的死因。"

赵敬忠蹲下来，解开几具尸首的衣衫细细查看。这几人全都筋断骨折，其中一个颈骨扭曲，脸孔朝着背脊，竟然是被人硬生生折断了脖颈。

许久，赵敬忠抬头道："这些兄弟大都是被某种重兵器打伤，导致骨骼断裂，刺入了内脏，最终流血过多而死，另外，还有一位兄弟被人用重手法扭断了颈骨。卑职认为，凶手不仅武艺超群，而且力大无比。"

张易之皱着眉说："重兵器？不太可能吧，家伙什太过沉重，既引人注目，又容易露出马脚。况且，要打倒这么多兄弟，凶手肯定不止一个，难道他们全部用了重兵器？"

赵敬忠起身，习惯性地揉揉鼻子，然后缓缓摇了摇头："我感觉，凶手只有一个人。"

"一个人？"马乘风看着赵敬忠，目光中带着几分惊异。

这七名死去的锦衣卫虽然算不上身手过人，却也不是手无缚鸡之力的文弱书生，一名凶手就能把他们全部杀死，实在让人难以置信。

"凶手究竟有多少人并不重要，关键是找到失踪的凌总旗。"左千户终于开了口，语气却不像往常那样平静，而是带着几分急切。

"据说凌总旗已经查到了'那个人'的下落，这几位兄弟遇害，显然也与此事有关，所以，当前最重要的事就是找到凌总旗。"

"马百户，张百户，你们立即组织人手，务必把凌总旗给我找回来！"

马乘风和张易之微微躬身，齐声应道："是。"

04

微雨如雾,远山近树都笼罩在茫茫烟雨之中。

城东钟山脚下,赵敬忠身披蓑衣,沿着上山的步道缓步而行。十多名锦衣卫跟在他身后,一边走,一边漫无目的地四下张望。

钟山是孝陵所在地,陵内安葬着大明洪武皇帝的尸骨。钟山雄踞江东,山势绵延起伏,形如茫茫巨龙,自古便有"钟山龙蟠"之称。朱元璋选择在此处下葬,便是希望这里的龙气能保佑大明国运昌隆。

段诚走到赵敬忠身后，面带不解地问："赵头，我觉得有点奇怪啊。我明明亲眼看着凌总旗出江东门往西去了，咱们干吗还要来东边搜寻？"

赵敬忠在段诚肩上轻轻一拍，微笑着解释道："我查了出行卷宗，凌总旗出城西去之前，曾来过钟山。"

段诚恍然大悟，压低了声音道："你的意思是，凌总旗就是在这里查到了'那个人'的下落？"

赵敬忠缓缓点头："或许是，或许不是，总要查一查才知道。"

段诚竖起了大拇指，赞道："毕竟是赵头，深谋远虑啊！"

赵敬忠扑哧一笑："拉倒吧你，左千户要咱们务必找到凌总旗，其目的也是寻找'那个人'，镇抚司上下哪个不知道？"

有希望查出"那个人"的下落，段诚精神大

振，摩拳擦掌着说："我这就带上兄弟们仔细盘查，如果有什么发现，立即赶过来通知你。"

段诚带着那十余名锦衣卫，兴冲冲地走远了。望着段诚等人的背影，赵敬忠脸上的笑容渐渐消失。

赵敬忠骗了段诚，他根本就没有查过卷宗，之所以坚持要来钟山，是因为他在追随凌振的气息。

凌振之前来过钟山，虽然时隔多日，气味已变淡了许多，但赵敬忠相信自己的嗅觉。

从儿时起，赵敬忠就发现自己有一种与众不同的能力，他的嗅觉远比普通人更为灵敏。

赵敬忠能分辨出很多种味道，并能在混乱复杂的气味中准确地捕捉到其中任意一种的来源。那时候人们都觉得赵敬忠是个奇怪的家伙，不像是人，反而像一条狗。

长大之后，赵敬忠的能力也变得越来越强，任何一种气味都过鼻不忘，甚至能根据气味来分辨出遇到过的每一个人。因为害怕别人的嘲笑和讥讽，他刻意隐瞒了自己嗅觉超乎常人的事。锦衣卫上下没人知道赵敬忠有这种特殊能力，包括段诚在内，大家都认为他擅长寻踪破案，是个天赋异禀的高手。

赵敬忠并不是在漫步，他是在边走边嗅，努力从空气中分辨凌振的气味。下着雨的缘故，气息若有若无，只能勉强捕捉到一丝残留。为了避免被手下发觉，赵敬忠才做出了一副闲庭信步的模样。

空气中的檀香味越来越浓了，隐隐约约的梵唱随风传来。前方是一座寺庙，灵谷寺。

灵谷寺原名开善寺，洪武皇帝亲自赐名为灵谷寺，又下诏封其为"天下第一禅林"。自此，灵谷寺香火日盛，前来进香问禅的人络绎不绝，今天虽说下着雨，但仍有不少香客冒雨赶来。

走到灵谷寺牌匾下，赵敬忠停下了脚步。气味变浓了，有点奇怪。

难道凌振就在此地？不太对，赵敬忠闻到了另一个人的气息，其中混合着凌振的气味，而且气味由淡变浓，说明这人不久前刚刚经过。

这人绝对见过凌振，而且不只是一面之缘，两人应该有过一番长谈，所以他身上才会留下凌振的气味。

找出凌振见过谁，就有可能找到"那个人"。而找到"那个人"，就能连升三级，与左君候平起平坐。想到这里，赵敬忠就有种难以言喻的激动。

赵敬忠迫不及待地跨进寺院大门，走出不

远，却又犹豫着停下了脚步。味道不太对，寺院中还有凌振的气息残留，却没有另一个人的气味。

见赵敬忠走走停停，段诚十分不解，凑过来问道："赵头，你在做什么？"

赵敬忠思索片刻，答道："你带兄弟们在寺院里查看一下，我去外面转一遭，看看有没有别的线索。"

段诚满脸疑惑，但还是答应着去了。赵敬忠转过身，又走出了寺院大门。

另一个人的气味又变得清晰起来，看来此人并未进入灵谷寺，只是碰巧从大门前经过。

来时路上并没有嗅到这人的气味，那么，这人去了哪里呢？赵敬忠的目光不由自主地投向了不远处的一条青石小路。

青石小路曲折蜿蜒，斜斜向上延伸，赵敬忠

追寻着那人的气味，边走边嗅，最终竟攀上了山顶。

举目四望，入眼一片青绿，烟雨茫茫，远处的山林微带朦胧之感，似极了一幅山水画卷。

赵敬忠张望片刻，忽然在北方山坡上瞥见了一道人影。那人正在山林间穿行，山路崎岖，他却如履平地，显得身手异常矫捷。

此刻距离尚远，只能勉强看出那人并未携带雨具，光着脑袋，身穿黑色僧衣，手中还提着一根木杖。

是一个僧人。就是他见过凌振？赵敬忠思索片刻，也跟着钻进山林，循着那人留下的气息追去。

约半个时辰后，赵敬忠跟着那僧人来到了钟山头陀岭北麓。雨天路滑，虽说赵敬忠身手过人，却也累出了一身大汗。

前方,黑色僧袍闪了一闪,消失在一道山崖之后。赵敬忠放轻脚步,走过去探头看看,却在崖壁间发现了一个山洞。周围没有那僧人的影子,显然他已经钻进了山洞里。

洞口狭窄,仅容一人通过,如果跟进去,只怕立即就会被发现。赵敬忠有些犹豫,转头四下张望,又发觉山崖并不算高,于是他手脚并用,向山崖上攀去。

刚刚攀上崖顶,一声大吼突然在脚下响起:"老刘,你一直追着我,到底要干什么?"

吼声如同雷鸣,赵敬忠毫无防备,浑身一哆嗦,差点失足滑落。他定了定神,才看到崖壁上有一道窄窄的裂缝,那吼声就是从裂缝中传出来的。

片刻后,缝隙内又传出了一个平静的声音:

"你知道原因的，又何必明知故问。"

原来缝隙与山洞相通。赵敬忠心中暗喜，屏息静气，俯身凑到裂缝边，悄悄向山洞内张望。

山洞里有两个人，一个是赵敬忠追踪的黑衣僧人，另一人身穿青布道袍，头绾发髻，竟然是个道士。洞内光线昏暗，赵敬忠无法分辨两人的相貌，只能勉强看出他们须发苍白，已颇为老迈。

老道手挽拂尘，盘坐在一张蒲团上，神色安详，黑衣老僧却在山洞内走来走去，显得很不耐烦。

许久，青衣老道看着老僧，微笑着说："老张，都这么多年了，你还是放不下吗？"

黑衣老僧瞪了老道一眼，厉声道："放什么放，我为什么要放？"

老张，老刘，这都什么称呼？出家人不该以道号相称吗？赵敬忠正听得稀里糊涂，那老道缓缓抬起头来,向赵敬忠所在的方向瞟了一眼:"秋雨峭寒,崖顶那位朋友,请入内一叙如何?"

被发现了!赵敬忠陡然一惊。又听那老僧暴喝道:"哪来的浑小子,竟敢跟踪老夫!"

明明是出家人,却又自称老夫。赵敬忠愈加奇怪,正拿不定主意是走是留,却听铮的一声,一道琴音悠悠响起。

赵敬忠的蓑衣已淋满雨水,水珠一滴滴沿着衣角向下滴落,琴声传来之后,不少水珠竟然由下而上,飘飘忽忽地升到了空中。

见此情景,赵敬忠大为震惊,欲抽身退开,却又发觉手脚僵硬,竟然不受控制。

"铮!"琴声再次传来。

琴音清冽,但赵敬忠耳边却如同响起了一道巨雷,胸腹皆震,心脏也咚咚狂跳,似乎五脏六腑都在随着那琴声而震动。

"妖法！"赵敬忠惊骇莫名，勉力伸手入怀，取出一枚小小的竹筒望天举起。嘭的一声，一道光焰从竹筒里喷出，扶摇而上，在漫天雨雾中爆出了一圈黄色光影。

　　"铮！"第三声琴音响起。

　　赵敬忠两耳齐鸣，眼前一黑，不由自主地仰天摔倒。

05

半昏半迷中，赵敬忠忽然感觉身体一轻，似乎被人提了起来，同时又听那黑衣老僧喝道："这小子是锦衣卫，我把他丢下山去得了。"

　　"且慢，此人连挨了三记琴音才倒下，应该和我们是同道。"是那位青衣老道在说话。

　　"咦，是吗？"随后响起的是第三个声音，嗓音稚嫩，似乎发话之人是个尚在总角的孩童。

　　原来山洞里还有第三个人，之前怎么没闻出来？赵敬忠想睁开眼睛看一看，但又感觉天旋地转,脑海中阵阵混沌,眼皮也沉重万分,竟然无法张开。

黑衣老僧的气息,青衣老道的气息,现在赵敬忠唯一能做的,就是记住他们的味道。或许是眩晕感过于强烈,赵敬忠无法分辨出第三个人的气息。

"他联系了同伴,很快就会有更多锦衣卫赶到,老夫还不想泄露身份,这就告辞了。"

"且慢,神器到底在何处?是在姚广孝手里吗?"

"嘿嘿嘿,我怎么知道?"

"当年就是你窃走了神器,又交给了姚广孝,对不对?"

"哼,你们自己看管不严,和我有什么关系?"

"当年你不告而别,而且,这么多年来一直东躲西藏,若不是心怀鬼胎,又何须如此?"

"哼，东躲西藏的是你们才对吧？什么神之子、神之后裔，在老夫眼里，根本就是一个笑话！"

　　…………

　　老僧和老道在激烈争论，他们的声音却渐趋低沉，几乎细不可闻。眩晕感越来越强，赵敬忠再也坚持不住，终于昏了过去。

　　赵敬忠恢复清醒时，发觉自己正躺在一张床上，鼻孔里满是熟悉的汗臭味，两侧是一张张床铺，却看不到人影。赵敬忠迷糊一会儿，才想起这里是卫所的营房，应该是段诚等人及时赶到，把他救了回来。

　　门帘掀开，段诚端着一盆水走进营房，看到赵敬忠，忙招呼道："赵头，你醒啦？"

　　赵敬忠点点头，在心里默默思索着昏迷前听到的对话。神之子？神器？神之后裔？这些都是什么意思？而且,那位老道还提到了国师姚广孝的名字,难道姚广孝和这件事也有什么联系?

段诚取来一条毛巾,在水盆中浸得透湿,稍微拧了拧,递给赵敬忠:"赵头,先擦把脸,清醒一下。"

赵敬忠接过毛巾,随意在脸上擦了几把,又递还给段诚。

段诚把毛巾丢进水盆,问道:"赵头,你怎么昏倒了?当时怎么叫你都没有反应,把弟兄们给吓得不轻。"

赵敬忠沉思一会儿,简单地把追踪黑衣老僧,之后被琴音莫名其妙击昏的事讲了一遍,最后又叮嘱道:"这事你不要告诉其他人,如果有人问起,就说雨天路滑,我失足摔了一跤。"

"赵头,你是说,你连对方的长相都没看清,只听了三下琴声,然后就昏了过去?"段诚嘴巴半张,满脸的难以置信。

"就是这样。"

段诚不住地摇头:"你可是咱们卫所第一高手,听了三下琴音就昏迷不醒,说出去谁会相信?"

赵敬忠微微苦笑,叹道:"如果不是亲身经历,我也不会相信。"

段诚看看赵敬忠,吞吞吐吐地问:"那个……赵头,你说的……是真的?没有骗我?"

赵敬忠肃然点头:"是真的。"

"这些人……会邪术?"段诚目瞪口呆。

赵敬忠默默不语,半晌,才缓缓点了点头。

赵敬忠祖上原本就是江湖中人,家传的赵氏快刀堪称武林一绝。儿时的赵敬忠也曾听过"胡琴藏剑""折纸为镖"等江湖轶事,但是,仅用琴声就能把人击晕,却是闻所未闻。

寻思许久,赵敬忠忽然想起,他的嗅觉与众

不同,而那老道又曾说他是同道中人,难道,世上
拥有特殊能力的并不只他赵敬忠一个,还有更多
人拥有各种各样匪夷所思的能力?

06

入夜，月明星稀。

赵敬忠一身黑衣，伏在屋脊上，小心翼翼地向下张望。庭院中有一方凉亭，一位黑袍老僧立在凉亭内，手拈长须，似乎在想着心事。

这里是姚广孝的府邸，凉亭中的老僧，就是大名鼎鼎的姚广孝。

赵敬忠并没有向段诚提起姚广孝的名字。姚广孝是当今皇上最器重的心腹谋臣，人称"黑衣宰相"，乃是权倾朝野的大人物，事情牵涉到他，必须慎之又慎，所以赵敬忠没有告诉任何人，而是只身潜入了姚府。

无论神器还是神之子，赵敬忠都不在意，他唯一关心的只是"那个人"。从青衣老道的话语来分析，那位黑衣老僧肯定和姚广孝有某种联系，而黑衣老僧又是找到"那个人"的唯一线索，所以，赵敬忠必须追查下去。

这已是赵敬忠来姚府探查的第三晚，目前还没有什么发现。

姚广孝素来深居简出，不与其他官员交往，每天都穿着黑布僧袍，晚餐也是粗茶淡饭，颇为寒酸。仿佛他不是一人之下、万人之上的黑衣宰相，而是一位洁身自好的高人隐士。

姚广孝这人，既不要美女，也不要田地，甚至连皇上赏赐的金银也分发给了乡族，他到底想要什么呢？

赵敬忠正在思索，院门呀的一声打开，两个提着灯笼的仆役引着一名身材高大的男子走进了庭院。月光下，但见那人身穿黑色僧衣，光着脑袋，满脸的络腮胡子都已发白，原来也是一名老僧。

黑衣老僧身材高大健硕，气度威猛，在他面前，姚广孝显得干枯瘦弱，如同一个行将就木的病夫。

两名仆役向姚广孝躬了躬身，反身退出，又将院门合上，只留下黑衣老僧和姚广孝面面相觑。

屋脊上，赵敬忠的手不由自主地抚上了刀柄。他已经闻出来了，前几天在钟山追踪的正是这位黑衣老僧。此刻，黑衣老僧身上已没了凌振的气味，反而透着一股令人压抑的威严之气，仿佛他不是与世无争的出家人，而是一名手握千军万马、叱咤风云的大将军。

黑衣老僧和姚广孝对视片刻，哈哈大笑道："姚老弟，好久不见。"

姚广孝也展颜一笑："确实，咱们至少十多年没见了吧？"

黑衣老僧伸出手指比了比："从建文二年算起，咱们……"

"是洪武三十三年。"姚广孝微笑着打断了黑衣老僧的话。

黑衣老僧似乎很不高兴，大手一挥，喝道："'建文''洪武'的改来改去有什么用？改掉了建文年号，就能证明朱允炆那小子没当过皇帝吗？"

赵敬忠听得目瞪口呆。这大胡子老和尚不仅直呼建文帝之名，还称其为"那小子"，胆子未免也太大了吧！

姚广孝却不以为忤，微笑着说："皇上下诏要改，咱们做臣子的也只有遵守了。"

黑衣老僧重重地哼了一声，冷笑道："朱棣那小子，和他老爹一个德行，老夫最看不惯的就是他这种人！老实说，当年不是看在你面子上，老夫绝对不会出手帮忙！"

这些话听在耳中，赵敬忠阵阵心惊肉跳。当今圣上也成了这老僧口中的"那小子"，而且，听黑衣老僧言下之意，就算已故的洪武皇帝他也不放在心上。

姚广孝依旧不惊不怒，双手合十，微笑道："张兄仗义相助之德，贫僧铭记于心！"

黑衣老僧大手一挥："好了，叙旧就到此为止。老夫今日前来，是有一件事情需要你帮忙。"

姚广孝再次双手合十，平静地说："张兄尽管开口。"

"嘿嘿,这件事,说来其实也简单,当年咱们离开神之子时带走的那样东西,你把它交给我就行了。"

姚广孝面色木然,沉默片刻,忽然问道:"他们找过你了?"

黑衣老僧撇了撇嘴,道:"你会变形,我又不会,他们找不到你,就只有来找我了。"

变形,这句话是什么意思? 他们,又是什么人? 赵敬忠倍感迷惑。

姚广孝再次问道:"你告诉他们东西在哪了?"

黑衣老僧瞪起了双眼,怒道:"你当老夫是出卖朋友的人吗?"

姚广孝含笑道:"是贫僧失言了。"

黑衣老僧左右踱了几步,挥着袍袖道:"他们已经找了我好多次,我被缠得实在没有办法,只好过来找你。那东西你再留着也没什么用处，所以，不如交给我，由我交还给他们即可。"

赵敬忠感觉有点不太对劲。青衣老道曾问过黑衣老僧，神器是不是在姚广孝手中。此刻黑衣老僧却没有提起这些话，他为什么要隐瞒？

姚广孝默默不语，许久，才摇着头说："抱歉，这件事我不能答应你。"

"为什么？"黑衣老僧似乎有些生气，踏上两步，质问道："那东西原本就属于神之子，交还给他们也是理所当然！"

"不行！那东西太过紧要，不能还给他们！"姚广孝再次摇头。

黑衣老僧放缓了语气："当年如果不是我帮忙，你不可能拿到手，那时候我帮了你，现在就算你还老哥一个人情，可好？"

"别的事情都好说，唯独这件事不行，还请见谅！"姚广孝依然摇头。

黑衣老僧似乎被激怒了，攒起双拳，陡然大喝一声："姚广孝！你到底还是不还？"

话音未落，一道黑影陡然出现在黑衣老僧身后。来人身法极快，伏在屋脊上的赵敬忠也没能看清楚，只看到此人也穿着一袭黑衣，脑袋上戴着斗笠，把面孔遮得严严实实。

黑衣老僧也发觉有人接近，又是一声大喝，头也不回，旋身抬臂，一拳向后抡出。那黑影似乎没料到黑衣老僧反应如此敏捷，仓促间来不及闪避，只能抬起双臂格挡。

嘭的一声，那黑影远远倒飞出去，结结实实地摔在了地上。黑衣老僧这才回过身来，冷笑道："无知小儿，竟敢对老夫出手！"

那黑影摔得虽狠，却像是没有受伤，腾身跳起，右手一翻，掌中亮出了一把长剑，就要再次扑上。

姚广孝上前一步,低声喝道:"小七,不得无礼!"

那黑影立即停下脚步,收起长剑,默默地向姚广孝和黑衣老僧各施一礼,缓步退开。

屋脊上的赵敬忠屏住了呼吸,大气都不敢透上一口。黑衣老僧天生神力,随手一抡就有上千斤的力道;那个戴着斗笠的黑衣人也很可怕,赵敬忠早就闻到院子里还有第三个人,却一直没能看出此人究竟藏身何处。

这两人都是高手。

黑衣老僧和姚广孝对视片刻,再次劝道:"老姚,你还是把那东西交给我吧,只要你交给我,神之子就绝不会来找你麻烦。"

姚广孝没有回答,只是缓缓摇头。

黑衣老僧一双拳头攥得格格乱响，怒道："既然你不义，那也就休怪我无情了，回去后我就告诉神之子，东西就在你手上。"

说完这句话，黑衣老僧回身便走。来到院门前，也不出声叫门，而是一巴掌拍在了门板上。只听咔咔嚓嚓一阵乱响，两扇门板四分五裂，散落在地。黑衣老僧回头看了姚广孝一眼，冷笑数声，大踏步地去了。

姚广孝看着破碎的院门，默默不语。

这大胡子老和尚居然胆敢威胁姚广孝，难道是活腻歪了？他到底是什么来头？赵敬忠满心不解，看着黑衣老僧离去的方向，想追上去，却又怕被那戴着斗笠的黑衣人发觉，只好继续伏在屋脊上，静待姚广孝离开。

戴着斗笠的黑衣人走到姚广孝身边，抬手在

自己喉间比画了一下，显然是在询问要不要追上去杀掉黑衣老僧。

姚广孝微微摇头："不用，我要仔细想想。"

黑衣人呆立片刻，再次躬身退下。姚广孝独自在院落里踱来踱去，一会儿捻须点头，一会儿皱眉望天，像是在思考什么难题。

许久，姚广孝仍然不肯进屋，戴着斗笠的黑衣人也没有再次出现，不过赵敬忠还能嗅到他的气息。

黑衣人肯定还在附近，赵敬忠等得焦躁，却又不敢轻举妄动，只能耐着性子等下去。

07

等到姚广孝和黑衣人回房休息，离开姚府后，赵敬忠并没有急着去追黑衣老僧，而是返回自己的寓所，美美地睡了一觉。

人走过的地方都会留下气息，只要不刮狂风或下暴雨，这种气息会留存数日之久，所以，就算黑衣老僧连夜离开南京城，赵敬忠也有把握追上他。

次日清早，赵敬忠起床洗漱一番，吃过早饭，又去镇抚司卫所点了卯，这才溜达着向姚广孝的府邸走去。

姚府位于后湖南岸，不远处就是鸡鸣山，湖光山色，可谓风景优雅。据说因为此处距离鸡鸣寺很近，而姚广孝又经常去寺院诵佛念经，永乐帝才特地把这片宅邸赐给了他。

赵敬忠并没有携带随从，而是吩咐段诚继续率领手下去灵谷寺寻访，目前还没能确认"那个人"的下落，人带多了只会打草惊蛇。

走到鸡鸣山山脚下，赵敬忠忽然感觉有些不对劲。赵敬忠又闻到了那黑衣老僧的气息，而且十分清晰，说明他就在附近。

看看周围没人，赵敬忠抬起头，深深地吸了几口气。从嗅到的气味来判断，黑衣老僧就在山上，而且不止他一个。

黑衣老僧要干什么？准备行刺姚广孝？赵敬

忠有些紧张,放轻脚步,沿着登山的石板小路向上走去。

还没爬上山顶,赵敬忠就看到了黑衣老僧的身影。黑衣老僧左手执一根木杖,右手立于胸前,双眼微闭,正在一棵古树下打坐。另有四个大汉呈扇形站在不远处,手中都提着钢刀,虎视眈眈地盯着黑衣老僧。

情况不太对,他们似乎不是一伙的。赵敬忠躲在一棵大树后,只探出了脑袋悄悄观望。

一名大汉提起钢刀在空中虚劈两下,厉声喝道:"老和尚,你再装聋作哑,可别怪老子不客气了!"

黑衣老僧头也不抬一下,似乎没听到。

"死秃驴!"另一名大汉似乎有些不耐烦,提起钢刀,就向黑衣老僧走去。其余两人急忙伸手拦住，摇手道，"国师大人只说要咱们赶他走，可没说要杀了他！"

原来这四人是姚广孝派来的。看来姚广孝只是要把黑衣老僧赶走，并不打算杀人灭口。赵敬忠在心里暗暗嘀咕。

"放心吧，我只割他的耳朵，死不了。"那名大汉挣开同伴的阻拦，走到黑衣老僧面前，伸手就去揪他的右耳。

就在这时，黑衣老僧突然睁开双眼，一拳击出。那名大汉只发出了半声惨叫，身体骤然倒飞丈余，扑通一声摔倒在地。其余三人面面相觑，一时愣在了原地。

黑衣老僧缓缓起身，丢开木杖，慢吞吞地说："既然姚广孝想试试老夫的身手，那我就让他好好看看！"

倒在地上的那名大汉口鼻中涌出一股股鲜

血,挣扎了片刻,摊开手脚,就此一动不动。

一拳就打死了一名二百来斤重的壮汉!躲在树后的赵敬忠嘴巴半张,震惊莫名。

余下三名大汉互相看看,举起钢刀,哇哇怪叫着向老僧扑去。黑衣老僧毫不畏惧,大步迎上,左臂挥出,扫在一名大汉右肋,那大汉惨叫一声,踉踉跄跄后退几步,扑倒在地上缩成了一团。接着黑衣老僧抬起右腿,一脚踹在第二名大汉胸口,那大汉倒飞数米,正撞在一棵大树上。树干咔咔作响,枝叶纷落,那大汉瘫倒在树下,口鼻中鲜血长流。

第三名大汉似乎被吓呆了,僵立片刻,丢开手中刀,回头就跑。

"想跑,可惜晚了。"黑衣老僧随手捧起一块大石头,猛喝一声,对着那大汉掷去。大石头带着一股劲风划过空气,正中那大汉后背。骨裂声清晰可闻,那大汉一头扑倒在地,再也爬不起身来。

这几下兔起鹘落,只一眨眼的工夫,四名气势汹汹的壮汉就已横尸于地。躲在大树后面的赵敬忠全身僵硬,几乎不敢相信自己的眼睛。

那黑衣老僧满脸皱纹,胡须灰白,看上去至少有七十岁,想不到竟然如此威猛,举手投足间就击毙了四名大汉。

那七名锦衣卫应该就是死于这老僧之手,而且他并没有使用什么重兵器。黑衣老僧力大无穷,那块大石头至少也有七八十斤,他竟然一掷数丈!他的双手双脚就是最可怕的武器。

老僧一举击倒所有对手,面上却无半分欣喜,捡起木杖就要离开。

就在这时,赵敬忠闻到了一股奇怪的味道,像是有人在不远处丢了一个臭鸡蛋。

赵敬忠正转头四下张望，忽听轰的一声巨响，那老僧如遭重物所击，连退数步，仰天一跤摔倒。

前方一棵大树的树冠中爆出了一团硝烟。赵敬忠明白了，有人手执火铳躲在那棵树上，趁着老僧打倒所有敌人、疏于防备之时才突然发射。

硝烟中，一个白色的身影凌空跃下，手中果然提着一柄两尺来长的铜质火铳，铳口犹在冒着股股青烟。

火器来源已久，唐末就有用于战事的记载。数百年风云变幻，至今，火器已成为征战利器。永乐皇帝也非常重视火器，甚至组建了专门使用火器的神机营，就连赵敬忠所属的镇抚司也配备有少量火铳。

火铳威力虽大，但每次发射都要预先装填火药和铅丸，然后再点燃火绳，步骤太过繁琐，而且遇到阴雨天又难以使用，所以很少有锦衣卫携带那玩意儿。

黑衣老僧双眼紧闭，软绵绵地瘫倒在地上。白衣人手提火铳，缓步向他走去，背影婀娜，竟然是一个女子。

这女子是什么时候来的，又怎么爬上了那棵大树，赵敬忠完全不知，他甚至根本没有闻到那女子的气息。

威猛绝伦的黑衣老僧就这么死了？这女子身上怎么会有种臭鸡蛋味？她又是什么来头？赵敬忠正在发呆，那黑衣老僧突然翻身坐起，右臂尽力一挥，木杖脱手而出，正中那女子胸口。

黑衣老僧力大无比，含怒出手，那木杖竟然贯胸而过，带着点点血珠一飞数丈，噗地刺入了一棵大树，杖柄犹微微轻颤。

白衣女子后背血如泉涌,右手指端却突然蹿出了一股火焰,但片刻后火苗就已熄灭,火铳脱手跌落,那女子也仰天而倒。

　　黑衣老僧坐起身来。他胸前的僧衣几乎被打成了碎片,鲜血淋漓。

　　赵敬忠曾试射过火铳,二十步以内,铅丸可以贯穿革甲,而且弹丸速度极快,铳声未落,铅丸已经近身,几乎无从闪避。那女子藏身的大树距老僧还不足二十步,黑衣老僧只穿了僧袍,即使不死,也已身受重伤。

　　原来姚广孝还是要杀了黑衣老僧,两人应该交情不浅,他仍能下得了这般毒手,真可谓心狠手辣。赵敬忠暗自心惊。

　　黑衣老僧草草包扎了伤口,摇摇晃晃地站起身,低头看看那女子的尸身,狠狠地道:"竟然胆敢暗算老夫! 神之子! 老夫定要把你们赶尽杀绝!"

黑衣老僧转身下山,赵敬忠却满头雾水。

怎么又扯到了神之子?难道那女子并不是姚广孝派来的?赵敬忠满心疑窦,看老僧已经走远,忙快步奔到了那女子身边。

鼻孔中满是血腥,其中还夹杂着一股臭鸡蛋味。赵敬忠仔细查看了那女子的尸体,女子腰间只有两个皮囊,分别装着黑火药和铅丸,却没有携带火石或木炭等引火物,而更奇怪的是,尸体右手也没有烧伤的痕迹。

火铳底部都有火门,需用引火物点燃火门里的火药才能发射铅丸。这女子是怎么发射火铳的?她手上蹿出的火苗又是怎么回事?

火铳声音响亮,鸡鸣山不远处就是北兵马司和小教场,估计很快就会有人前来查看。赵敬忠虽百思不解,却也不敢再行逗留,遂快步离去。

08

踏进滁州地界,赵敬忠终于确认,自己被跟踪了。

这两天赵敬忠一直在追踪黑衣老僧,出南京城之后,他就闻到了一股若有若无的桐木味,刚开始赵敬忠还不在意,但过了两天,那味道却一直徘徊不去,这才引起了他的警觉。

出南京城之前,赵敬忠返回卫所换过了便服,还特地挑了一匹没有烙印的快马。做了这些准备,按说不会泄露身份,为什么还会被跟踪呢?

赵敬忠故意放慢速度，走走停停，做出一副游山玩水的模样，同时暗中观察到底是什么人在跟踪自己。

一路走来，赵敬忠并未发现什么可疑之人，让他震惊的反而是黑衣老僧。

那黑衣老僧被火铳近距离击中，却并未去医馆诊治，每日都健步如飞，除了吃饭睡觉，就是迈步赶路，丝毫不像受了重伤的模样。赵敬忠倍感奇怪，却又不好走近查看，只能远远地跟着。

力大无穷且恢复力惊人的黑衣老僧、手指冒火的白衣女子、仅用琴声就能伤敌的神秘人物、黑衣宰相姚广孝……这些人都不是寻常之辈。赵敬忠感觉，他正在接近一个巨大的阴谋。

距滁州府不远时，那黑衣老僧离开官道，折而向南方的琅琊山走去。

琅琊山古称摩陀岭,晋时琅琊王司马伷曾在此驻军,又称为琅琊山,后因宋代文豪欧阳修所著《醉翁亭记》一文而名扬天下。

眼看黑衣老僧上了山路,赵敬忠就近寻一户农家,把马匹寄放了,也随后跟去。

上山不久,却见路边有一座小小的亭子,旁边还立着一块巨石,上书"醉翁亭"三字。赵敬忠双手负在背后,缓步走到亭边,抬头观摩石上字迹。

滁州四方皆山,放眼望去,群山青翠,令人颇有心旷神怡之感。此刻的赵敬忠自然没有那份闲情雅致,之所以做出赏玩风景的姿态,只是因为他又嗅到了那股桐木味。

跟踪赵敬忠的人正在步步逼近。

身后脚步声细碎,赵敬忠回头看看,只见一位身段高挑的女子沿着登山小路款款走来。那女子身穿青布长裙，手中撑着一柄红彤彤的油纸伞，伞面遮挡了那女子的面孔，暂时看不清相貌如何。

今日天色阴霾，四周不见其他游客，山路上只有赵敬忠和这位女子。

这女子身上没有脂粉味，反倒有种桐木的清香。赵敬忠终于确认，跟踪自己的人，就是她。

走到亭边，青衣女子缓缓收起油纸伞，侧头打量着赵敬忠。那女子眉清目秀，脸上未着脂粉，也没有佩戴什么首饰，满头乌发只用一根青色头绳束在脑后，装扮朴素，却又不失动人之姿。

相视片刻，那女子忽而微微一笑："赵敬忠大人，别来无恙。"

赵敬忠曾听过这个嗓音，就在数日前，钟山之上，黑衣老僧和青衣老道会面的那个山洞。

这女子就是在场的第三个人。赵敬忠心中一惊，下意识地退开两步，伸手去摸刀柄时，却摸了个空。为掩饰身份，他把佩带的绣春刀裹进包裹负在了背上，此刻腰间只有一把短刃。

那女子看在眼里，再次微微一笑："赵大人不用紧张，我不是你的敌人。"

赵敬忠随口问："你怎么知道我的名字？"

"那天你昏迷不醒的时候，我看过你的腰牌，所以我不仅知道你的名字，还知道你是锦衣卫总旗。"

赵敬忠哑然，感觉自己问了一个很蠢的问题。默然片刻，又问道："那天打昏我的就是你？"

青衣女子点点头，笑道："当时还不知道赵大人的身份，贸然出手，还请见谅！"

"你会妖法？"这女子坦然承认，倒有些出乎意料。赵敬忠心生戒备，不由自主地又退开了两步。

"用音律伤人,是我与生俱来的特质,算不算妖法我却不清楚。"青衣女子抿嘴一笑,看着赵敬忠的眼睛,又补充道,"师父曾说,赵大人也拥有某种与众不同的能力,那么,赵大人会不会妖法呢?"

"我?"师父,难道就是那个老道士?赵敬忠习惯性地揉揉鼻子,心中疑惑不定。他知道自己的嗅觉和普通人不一样,这难道就是青衣女子口中的"特质"吗?

"对,就是你。"青衣女子绕着赵敬忠走了一圈,对他上下打量。这时候赵敬忠才发现她背后负着一个长方形青布包裹,不知里面装着什么。

赵敬忠悄悄攥住腰间短刀,厉声道:"你……你们到底是什么人?到底有什么图谋?"

女子再次抿嘴一笑:"我们是神之子,赵大人应该知道。至于图谋，想必赵大人也已经猜到了。"

"猜到？猜到什么？"这句话刚说出口，赵敬忠忽然想起，那日在山洞外，他曾听到老道向黑衣老僧追问神器下落，而黑衣老僧去见姚广孝，也是为了索要神器。

想到这里，赵敬忠脱口道："你们在找神器？"

青衣女子点头微笑："正是如此。"

神器？什么玩意儿才会贵重到以"神器"两字相称？赵敬忠有心继续追问，却又不想节外生枝，就做出一副漫不经心的表情，淡淡地说："这个神器与我无关，你们尽管去找就是，但是，不要再跟踪我。"

"我没有跟踪你。"青衣女子摇摇头，伸手向山上一指，"你跟踪的人，才是我的目标。"

黑衣老僧才是这女子要跟踪的人？赵敬忠半信半疑，随口道："既然如此，在下不敢打扰，姑娘就请上山去吧。"

那女子却不肯走，笑嘻嘻地说："不行，我要和你一起走。"

"你跟着我干什么？"

"这几天一路走来，我发现了一件很奇怪的事。你距离要跟踪的人实在太远了。刚开始我还以为你是怕被那老和尚发现，后来才发觉不是。"青衣女子侧头看着赵敬忠，像是在思考什么问题。

"最远那天，你距离那老和尚足有十五六里。可你赶路依旧不紧不慢，既不向路人打听，也不停下来查看路面上的痕迹，仿佛不是在追踪，而是在游山玩水。

"你追踪靠的不是眼睛，而是鼻子，对不对？"

赵敬忠又下意识地去揉鼻子，手指刚触到鼻尖，才发觉不对，忙摇头道："我不明白你在说什么。"

"你不用隐瞒，所有神之子都拥有自己的特质。"那女子又笑了，笑容中带着几分讥讽和顽皮，"我曾听师父提过你这种特质，如果我没记错的话，这种特质应该叫作'嗅辨'，最适合追查他人的行踪。"

"嗅辨？"这名字倒是挺贴切。赵敬忠定了定神，又问道，"所有神之子都有特质，你的特质又是什么？"

那女子点点头，答道："是的，每个神之子都有自己的特质。我的特质叫作'音律'，能让人的脏器随着琴音而颤动。"

"还有这种事？你是怎么做到的？"赵敬忠大为好奇。

"具体原因我也不太清楚，师父曾讲过一次，但我没听明白。"青衣女子似乎不知道该如何解释，侧头想了想,忽然问道,"战鼓你应该听过吧?"

"听过。"赵敬忠下意识地点了点头。

"敲打战鼓的时候,如果你距离比较近,就会感觉五脏六腑都在随着鼓声震动。师父曾说,我弹奏的琴声和鼓声类似,但比鼓声更厉害,不仅能够让人的脏器随着琴声而震动,还能让人晕倒或五脏出血。"

"伤人于无形,确实厉害!"赵敬忠寻思片刻,又问道,"你说的'师父'莫非就是你们的首脑?你们神之子搜寻这些拥有不同特质的人,又是为了什么?"

青衣女子笑着摇摇头:"抱歉,在你加入神之子之前,这些事情还不能告诉你。"

赵敬忠默然。青衣女子又笑道:"咱们跟踪的是同一个人,我没你那么灵的鼻子,要靠你找到那老和尚。那么,咱们这就出发吧。"

"好。"赵敬忠点头答应。他不明白这个神之子意图何在,趁着这个机会,或许能从青衣女子口中套出些消息。

09

离开醉翁亭，赵敬忠和那青衣女子踏上山路，寻着那黑衣老僧的气息，最终来到了一座古寺前。

古寺山门巍峨，颇有几分气势，大门左右分别蹲着一尊青石雕刻的石狮，上方牌匾刻有"开化禅寺"四个大字。

或许是天色阴霾，周围并不见香客，仅有一名和尚拎着扫帚，在大门外洒扫。青衣女子看看门上牌匾，又侧头看着赵敬忠，低声问："就是这里吗？"

赵敬忠微微点头。虽然没有亲眼看到黑衣老僧走进山门，但他可以断定，对方就在开化禅寺之内。

青衣女子稍稍靠近，挽起赵敬忠左臂，笑道："走吧，咱们也进去。"

赵敬忠浑身一僵，低声问："你这是干什么？"

那女子轻轻嘘了一声，笑嘻嘻地说："寺庙内或许有老和尚的亲信，咱们既然结伴而来，举止不妨亲昵一些，不然容易被看出破绽。"

如果开化寺就是那老僧的巢穴，青衣女子的顾虑倒也在情理之中。赵敬忠缓缓点头，挽着那女子的手臂向山门内走去。

开化寺始建于唐代大历年间，原名宝应寺，后多次被毁于战乱。洪武六年重新修整，殿宇巍峨,更有十余处知名景观,规模更胜以往。

黑衣老僧的气味很清晰,应该是绕过正面的弥勒殿,从侧门进了后方院落。赵敬忠和那女子自知不便直接跟上去,就放慢脚步,假装观看殿内及周围的雕刻,同时偷眼四下打量。

梵音阵阵,檀香隐隐。两人四周看了一遭,踏进侧门,向后院走去。寺中僧人显然是见惯了香客和游人,并未上前询问,任凭他们随意走动。

两人走走停停,穿过两重院落,赵敬忠停下脚步,压低声音说:"应该就是这里。"

那女子抬头张望,发现周围荒草丛生,前方还有一座院落,院门紧闭,门外站着一名中年僧人。那僧人身材健硕,右眼蒙着遮眼布,手中执一根木杖,独眼中凶光四射,紧盯着赵敬忠和那青衣女子。

这独眼僧人绝非善类。青衣女子做出一副胆

怯的表情，轻轻扯了扯赵敬忠的衣袖，摇头道："这里没什么好看的，咱们还是去别处转转吧。"

赵敬忠左右张望一阵，故意提高了嗓门，道："也好，据说南天门风景绝佳，可惜天色已晚，咱们还是明早再去吧。"

两人又循着原路返回，赵敬忠偷眼观望，却见那独眼僧人丢开木杖，从腰间解下一个水囊，举到唇边连饮数口。显然他误以为二人是来游玩的情侣，已放松了警惕。

淡淡的酒香随风飘来，水囊中装的不是水，而是酒。这僧人是半路出家的酒肉和尚。

赵敬忠和青衣女子返回醉翁亭，坐在石凳上稍事歇息。

女子收起油纸伞，回头向寺院方向张望片刻，忽道："赵大人，那名独眼僧人身上有煞气，应该是行伍出身。"

赵敬忠点点头："对,我也看出来了。"

青衣女子眼珠一转,微笑道："只怕你是闻出来的吧。"

这话倒也不差,赵敬忠确实是闻到酒香,才推断出那独眼和尚并非真正的出家人。赵敬忠揉揉鼻子,自嘲地笑了。

"赵大人打算怎么办?晚上再去探探究竟吗?"

"对。"赵敬忠再次点头,随口问道："你确定那个神器就在那黑衣老僧身上?"

女子微微摇头："不在,但我确信,只要跟着他,就能找回神器。"

"这个神器,到底是干什么用的?又为什么叫作'神器'?"

青衣女子侧过脸颊看了赵敬忠一会儿,忽然

笑道:"赵大人为何忽然关心起这个来了?"

赵敬忠揉了揉鼻子:"不知道什么东西竟然会贵重到被称为神器,所以我有些好奇。"

那女子似乎不愿回答,看看天色,又看看赵敬忠,改口道:"时辰还早,赵大人要不要随意逛逛?"

"好啊,有美人相伴,求之不得。"赵敬忠欣然答应。

"赵大人说笑了。"青衣女子面颊微红,清丽中平添了几分娇艳。

两人沿着山路漫步而行,琅琊山峰峦叠秀,风景秀丽,只是天色阴沉,不见晴空白云,略显美中不足。

登上一处山坡,赵敬忠忽然看到不远处的崖壁上悬着一个老汉。那老汉背负竹篓,援着一根长绳,似乎是在采药。

琅琊山草药极多,不少山民就以此为生,倒也不足为奇。两人正要离开,那根长绳忽然啪的一声从中断开,采药老汉毫无防备,仅来得及惊呼一声,就凌空跌落。

山崖足有十余米高,地面又山石遍布,那老汉一旦摔下去,绝无生还之理。

赵敬忠看在眼里,想也不想,纵身箭步抢上,张臂把那老汉揽在了怀里。那老汉挟风而落,力道沉猛强劲,赵敬忠站不住脚,扑通一声跌坐在地。

那老汉死里逃生,发了一会儿呆,挣扎着爬起身来,拜倒在地,对赵敬忠千恩万谢。赵敬忠连忙将老汉扶起来,笑着安慰道:"没事就好,没事就好。"

"救人性命,胜造七级浮屠,这位小哥真是好心人啊！日后一定会有福报！"那老汉不住地道谢。

赵敬忠略觉尴尬，口中胡乱答应，想抽身离开，那老汉却扯住了他的衣袖不肯松手。青衣女子站在一旁，看得捂嘴直乐。

好不容易挣脱开来，赵敬忠拉着青衣女子快步向山下走去，耳中犹听那老汉在身后不住地呼唤。

走出数里远近，已听不到呼声，两人才放慢了脚步。那女子侧过脸颊，对赵敬忠上下打量。赵敬忠有些纳闷，问道："一直盯着我干什么？"

那女子收回目光，含笑道："我原以为锦衣卫都是些利欲熏心、心狠手辣之辈，想不到赵大人却是一位见义勇为的好心人。"

赵敬忠脸颊微微发热，忙低头掩饰道："这算什么。换做其他人，也一样会出手帮忙。"

"那却未必，老师曾经说过，人们最喜欢做的事就是互相残杀,而不是救人性命。"青衣女子似乎想起了什么往事,脸上的笑容渐渐消失。

"老师?你说的老师就是那位道长吗?"赵敬忠略感好奇。

"以后你会见到他的。"青衣女子并未正面回答,甩甩头发,仿佛在驱赶心中的不快,"其实,老师派我来有两个目的,其一,是拿回神器;其二,就是要仔细看看你。"

"看我?"赵敬忠微感不解,心中愈加好奇。

"对啊。"青衣女子两眼中透出了几分顽皮,"看你有没有被官场磨灭良知。"

这是在考察我?赵敬忠心念微动,脱口道:"为什么?"

"在加入神之子之前,每个人都要接受考核,这是老师立下的规矩。"

"加入神之子?"难道神之子真的打算吸纳

他？赵敬忠为之愕然。

"对。"那女子收起笑容，庄重地点点头，"你身上有神灵的血脉，在世间搜寻拥有神之血脉之人，正是我们神之子的首要职责。"

"神之血脉？你在说什么胡话？"赵敬忠啼笑皆非。

那女子缓缓摇头："我没有说胡话，但我也不能解释太多，这些事等你见到老师后自然会明白。"

说完这些，青衣女子向山下一指："我先回去休息一会儿，三更时分，咱们在醉翁亭碰面。"

赵敬忠点点头，犹豫着说："那个……我还不知道你叫什么名字。"

"我叫端木琴，你叫我琴儿就行。"那女子嫣然一笑，如春风扑面，鲜花盛开。

10

入夜，赵敬忠换过黑衣，带上绣春刀和随身短刃，早早就来到了醉翁亭。

亭中空无一人，端木琴尚未赶来，星垂山野，唯闻虫声啾啾。

赵敬忠所熟知的复姓仅有司徒、司空、司马等寥寥几个，之前也从未遇到过姓端木之人。端木琴，似乎不是中土名姓，难道她有夷狄血统？不过，"端木"这个姓氏怎么好像在哪听到过。还有，端木琴说每个神之子都有自己的特殊能力，而他们的职责就是寻找那些拥有神之血脉的人,难道他们想把所有像自己这样的人都拉进神之子吗?

被琴声击昏那天,黑衣老僧要把赵敬忠丢下山崖,是青衣老道阻止了他。由此看来,端木琴所言非虚,他们确实在寻找拥有特殊能力的人。那么,这神之子的最终目的又是什么呢?

正苦思不解,端木琴的声音远远传来:"赵大人,你已经到了。"

赵敬忠答应一声,起身迎上。星光下,但见端木琴背负包裹,仍穿着日间那身青色长裙,看不出是否携带了兵刃。

"没带兵器防身?"赵敬忠拍拍腰间刀鞘,疑惑地问。

端木琴指指背后包裹,笑道:"这张瑶琴,就是我的兵器。"

琴声可以伤敌,也可以将人吵醒,进而泄露

两人的行踪。赵敬忠有心指出这一点,却又不知道端木琴是否还有别的手段,就改口道:"那咱们走吧。"

来到开化寺外,见大门紧闭,寺庙一片沉寂,听不到什么动静,似乎寺内僧众早已安睡。

院墙高约丈许,赵敬忠自忖不能一跃而过,就走到墙边,纵身跳起,半空中扳住墙沿用力一按,身子就轻飘飘地蹲上了墙头。

端木琴仰头看看,赞道:"赵大人好身手!"

赵敬忠向寺内张望片刻,看不到有人走动,仅有几间僧房里还透着些许微光。他回身向端木琴伸出左手:"来,我拉你上来。"

端木琴走到墙边,跳起身抓住赵敬忠的手掌,然后手脚并用,攀上了墙头,动作敏捷自如。看来不用赵敬忠帮忙,这院墙也难不倒她。

赵敬忠向墙内一指,低声问:"能跳下去吗?"

端木琴点点头:"没问题。"

两人先后跃下,辨明了方向,摸黑向后院走去。

寺中并未有僧人巡夜,不多时,赵敬忠和端木琴就顺利来到了独眼僧人把守的那座小院前。

此时院门大开,那独眼僧人已不知去向,大门左右各站着一名僧人。赵敬忠和端木琴伏在荒草中,仔细张望,发现那两名僧人腰间竟然都悬着一把钢刀。

这小院墙壁只有一人多高,可以轻松跃过,只是院子实在太小,而且依山而建,数米之外就是山崖,无论从哪个位置翻越,都很难保证不被守门的僧人听到响动。

犹豫片刻,赵敬忠决定冒险一试,他凑到端

木琴耳边,小声道:"咱们一左一右,打昏这两个守门僧人。"

星光下,端木琴展颜一笑,摇头道:"不用,让我来。"

端木琴将包裹放在地上,轻轻解开,露出了一张七弦瑶琴。赵敬忠看得发呆,这玩意儿怎么能行? 琴声一响,院子里的人岂不全听到了?

不等赵敬忠反驳,端木琴双手一起按在瑶琴上,左手将七根琴弦全部按定,右手食指轻挑,两根琴弦无声振动。赵敬忠只觉两耳发胀,腹中热流滚滚,几乎要张口呕吐出来。好在端木琴只弹了一下,便住手不弹。

赵敬忠勉强压下胸中的烦恶,转头看向院门,才发现那两名僧人已不声不响地瘫倒在了地上。

端木琴收起瑶琴,依旧负在背上,这才笑嘻嘻地说:"好了,咱们进去吧。"

无声琴音也可以伤人，简直匪夷所思！赵敬忠满心震惊，看端木琴已起身向院门走去，这才回过神来，急忙跳起身快步跟上。

院子是传统的四合院，只有一进，除了居中的正房，左右还各有一间厢房，正房两扇门板大开，房内隐隐有光线透出，却看不到人影。

踏进房门，两人才发觉后墙被人挖开，露出了一个两人来高的山洞，光线就来自于山洞之内。

这哪里像什么寺院，简直就是山贼的巢穴。赵敬忠和端木琴对视一眼，蹑手蹑脚地走进了山洞。

山壁上每隔不远就悬着一根火把作为照明，洞内曲折幽深，两人走了十几丈远，还没能走到尽头。

转过一个拐角，赵敬忠忽然停下脚步，拉住

了端木琴的衣袖。端木琴有些不解,稍稍挑起眉毛,疑惑地看着他。

赵敬忠再次凑到端木琴耳边,压低声音说:"我闻到了,黑衣老僧就在前面。"

端木琴微微点头,两人贴在山壁上,悄悄探出脑袋观望。

黑衣老僧就在前方,躺在一张破床上呼呼大睡。在他身后不远处,一个中年僧人盘膝坐在一张蒲团上,正闭目打坐。

那僧人身穿粗布僧衣,眉宇间透着几分雍容气度,明明衣着寒酸,又坐在一个毫不起眼的蒲团上,却显得庄重威严。

看到那僧人的脸孔,赵敬忠如遭锤击,顿时全身僵硬。

赵敬忠见过那僧人的脸孔,十余年来,这张脸孔他在画像上看过无数次。赵敬忠可以确认,这位僧人就是无数锦衣卫苦苦寻访的建文帝朱允炆。

建文帝近在眼前，只要把他带回镇抚司，就能连升三级，与左君候平起平坐。

赵敬忠喉头干渴，心跳加剧。他很想纵身跳出去，可是，在他和建文帝之间还有那位黑衣老僧。

黑衣老僧十分可怕，不仅力大无穷，而且恢复力惊人，被火铳近距离击中也若无其事。赵敬忠明白，他绝对不是黑衣老僧的对手。

赵敬忠拉着端木琴后退几步，急切地问："你能不能帮我一个忙？"

"什么忙？"

赵敬忠指指端木琴背后的瑶琴："用你的琴声打昏那黑衣老僧。"

"抱歉，这个忙我不能帮。"端木琴微微摇头，似笑非笑地看着赵敬忠,"张前辈曾是我们神之子的人,我的琴声未必对他有用,而且,老师特地吩咐过,不许我对张前辈出手。"

赵敬忠心有不甘,却也知道无法强求,他们不过刚刚相识,而且,眼前这女子是敌是友还不清楚,他不能将建文帝的真实身份和盘托出。

"你好像很紧张,为什么?"端木琴侧过脑袋,若有所思地打量着赵敬忠。

"这黑衣老僧杀了我们锦衣卫的兄弟,我要抓他回去。"赵敬忠没有说真话,却也没有说谎。

端木琴不置可否,仅微微点头。

要制伏这黑衣老僧,就需要大批人手。左思右想后,赵敬忠最终叹了口气:"算了,咱们先回去吧。"

11

别过端木琴,次日午后,赵敬忠赶回了南京镇抚司。从琅琊山到南京城,足有一百五十余里,赵敬忠仅用了区区几个时辰。

刚踏进卫所大门,赵敬忠就被人扯住了胳膊,回头一看,正是段诚。

段诚对赵敬忠上下打量,疑惑地问:"赵头,这几天你干吗去了,怎么搞得灰头土脸的?"

赵敬忠连夜赶回,衣服都没来得及换,此刻

他也顾不上和段诚解释，反口问道："千户大人和马百户他们在吗？"

段诚不明所以，摇头道："不在，千户大人他们去醉仙楼吃饭，还没回来。"

马百户和左千户都是秦淮河常客，很少在卫所用餐，若要等他们回来，还不知要等到何时。赵敬忠不想耽搁，回头看看，见自己乘坐的那匹战马已累得口吐白沫，就向段诚摆了摆手，吩咐道："去马厩帮我牵一匹快马来，我有要事要立即禀报千户大人。"

段诚面露喜色，凑近了小声问道："莫非赵头找到了'那个人'？"

赵敬忠点点头，又催促道："快去牵马，快去！"

段诚却并未动身，深深地盯了赵敬忠一眼，又问道："赵头，这可是天大的功劳，你确定要禀报千户大人吗？"

赵敬忠知道段诚在想些什么，抬手拍了拍他的肩膀，苦笑道："兄弟，我明白你的意思，可惜这份功劳太硬，咱们吞不下。"

回城的路上，赵敬忠已经仔细考虑过，那黑衣袍老僧实在太过可怕，而且还不确定他有多少手下，冒险出手，说不定会步了凌振的后尘。

如今南京锦衣卫精锐大都已调往北京，卫所编制空缺了将近一半，比如赵敬忠身份是总旗，原应下属五个小旗，共五十人，可实际上，他手下仅有不足二十人。仅凭这些人手，赵敬忠实在没把握拿下那黑衣老僧。升官发财的诱惑确实很大，但是，首先得要保住性命。

因此，思来想去，赵敬忠还是决定将此事禀报给马百户和千户左君候。马乘风是赵敬忠的顶头上司，左君候是卫所统领，如要调派人手，肯定绕不过这二人，倒不如做个顺水人情，让他们也分一份功劳。

听过解释，段诚不再发问，一溜小跑，去马厩牵来了一匹快马。

"你也去召集兄弟们，让大家做好准备。"赵敬忠跳上马背，又叮嘱了一句，也不待段诚回答，就拍马直奔醉仙楼而去。

赶到醉仙楼，赵敬忠问过堂倌，又匆匆奔上二楼。来到左千户所在的雅阁外，抬手就推开了房门。

雅阁内，左君候左手搂着一名歌姬，右手端着酒杯，正要举到唇边，突然有人闯入，不觉吓了一跳。待看清是赵敬忠，左君候顿时沉下脸来，放下酒杯，一巴掌拍在桌子上，喝道："赵敬忠！你他娘的要干什么？"

赵敬忠目光匆匆一扫，发觉马乘风、张易之两人都在座，另有两名陪酒的河房女①坐在下首。见左君候发怒，忙躬身抱拳，道："失礼了，卑职有要事禀报，所以才匆匆赶来。扰了大人酒兴，还请恕罪！"

看赵敬忠满头满脸都是灰尘，左君候又放缓脸色，端起酒杯抿了一口，这才慢悠悠地道："说吧，什么事？"

赵敬忠左右看看，犹豫着说："那个……千户大人，事关重大，还请让其他人等暂时回避一下。"

左君候尚未开口，马乘风已向那几名河房女使了个眼色。三名河房女会意，站起身来，娇笑着退了出去。

马乘风又转向赵敬忠，笑道："赵兄弟，我和

---

① 古时南京、扬州等苏杭地区对青楼女子的称呼。

张大人也要回避吗？"

赵敬忠连忙摇头，拱手道："不敢，卑职正要禀报马大人和千户大人，以及张大人。"

"快说吧，到底什么要事？"左君候专注地看着赵敬忠，目光中已带了几分不耐烦。

"三位大人，卑职寻访凌总旗下落，一路赶到了琅琊山，没想到，没有找到凌总旗，却找到了'那个人'！"

张易之和马乘风都有些吃惊，齐声问道："当真？"

赵敬忠点点头："千真万确。"

左君候捻着颌下短须，沉吟不语，许久，才问道："你能确定是'那个人'吗？不会和前几次一样吧？"

赵敬忠再次点头："卑职曾看过无数次那人的画像，绝对不会认错。而且，那人身上有王者之气,别人是装不来的。"

马乘风沉默不语,试百户张易之惊喜交加,搓着手站起身来:"看来是真的……真的找到了'那个人',这可真是大功一件!"

左君候并不像张易之那样激动,眉头微皱,上下打量着赵敬忠,忽然问道:"你既然找到了那人,怎么不直接带他回来?"

"千户大人,那人身边还有一位黑衣老僧。卑职认为,凌总旗已经遭遇不测,而这名黑衣老僧就是杀害凌总旗和咱们七位弟兄的凶手,卑职若要强行带走那人,他肯定会出手阻拦。那老和尚武艺高强,万一失手,反而会打草惊蛇,到时候再想找到那人,恐怕就难上加难了。为稳妥起见,所以卑职才匆匆赶回,请大人增派人手。"

张易之颇为急切,摩拳擦掌着说:"大人,就派卑职和马百户去吧,我们多带些人手,定能一举成功！"

左君候捻着胡须，思索片刻，才点头道："好，就这么办。"

张易之眉飞色舞，一把揽住赵敬忠肩膀，笑道："走走，赵兄弟，咱们这就出发。"

"且慢。"左君候也站起身来，亲手斟了一杯酒，递到赵敬忠面前，意味深长道："赵兄弟，这次你立了大功，待……迎回了那人，我一定会如实禀报镇抚使。"

"谢大人栽培！"赵敬忠双手接过酒杯，一饮而尽。

12

大队人马赶路，太过引人注目。为避免对方
觉察，赵敬忠建议夜间行军，白天休息，得到了马
百户的首肯。因此，再次来到醉翁亭已是两日之
后的深夜。

　　马乘风和张易之坐在亭内石凳上稍作休息，
众多锦衣卫也都随地坐倒，等待探路的同僚传回
消息。

　　包括赵敬忠的手下在内，随行的锦衣卫共有
一百六十余名，每人都骑着快马，背负弓箭，腰悬

佩刀，另有二十余人还带上了火铳，可谓全副武装。因为山路不便骑行，马匹都留在了山脚下，由十余名弟兄负责看守。

这么多锦衣卫，那黑衣老僧就算再厉害，也不怕他飞上天去。望着夜色中的开化寺，赵敬忠暗暗思量。

等了约一炷香的时间，段诚急匆匆从山路上奔下，来到亭外，单膝跪倒，喘着气说："禀大人，寺内听不到什么动静，估计那些和尚们都在睡觉。"

张易之跳起身来，抽出腰间绣春刀，喝道："兄弟们，上！"

一百多名锦衣卫同时起身，手按腰间刀柄，排成一列纵队，沿着山路向开化寺奔去。

来到寺院大门外，张易之一声令下，立即有

四名锦衣卫跑到墙边,搭起人墙翻过了墙头。锦衣卫的职责就是巡察缉捕,这些动作平时演练过无数次,彼此配合得极为默契,仅仅几个心跳的时间,翻进墙内的弟兄就打开了大门。

张易之十分得意,哈哈大笑道:"兄弟们,燃起火把,给我冲进去!"

这时候就点燃火把,岂不等于向对方示警。赵敬忠暗道不妥,上前劝阻道:"张大人,待兄弟们赶到贼人藏身的院子,再燃起火把也不晚。"

张易之闻言愕然,挠着头皮说:"这个我倒没有想到。"

张易之欲再改口,却已经迟了一步。锦衣卫们齐声呼应,从腰间取出火把火石,打火点燃,片刻后,百余支火把全部点亮,山门外顿时一片通明。

赵敬忠暗骂张易之愚蠢,却也不好再说什

么，只得抽出绣春刀，大喝道："兄弟们，跟我来！"

锦衣卫们齐声大呼，跟着赵敬忠冲进了山门。寺内僧人听到外面喧哗，大都从梦中惊醒，开门查看时，见到这么多锦衣卫手举火把，气势汹汹地持刀拥入，个个惊得张大嘴巴，愣在了原地。

赵敬忠并未理会其余僧众，带着段诚等手下直奔后院。张易之和马乘风分出部分人手看住那些和尚，也跟着向后院奔去。

来到后院门外，却见院门大开，里面空荡荡的不见人踪。

空气中，那黑衣老僧的气息很淡，似乎他并不在此地。赵敬忠暗道不妙，从段诚手中夺过一支火把，快步冲进屋内的山洞。

马乘风和张易之跟着赵敬忠，曲曲折折地走了好久，终于来到山洞底部。然而，眼前只有一张破床，不见那黑衣老僧，更没有"那个人"的身影。

张易之沉下脸来，瞪着赵敬忠道："赵敬忠，这他妈到底怎么回事？"

赵敬忠不敢说闻不到黑衣老僧的气息，只能摇着头说："可能对方感觉不妙，已经提前逃走了。"

马乘风默不作声，示意几名锦衣卫留下来，自己则带着大队人马返回了前院。

赵敬忠四下查看，发觉床上棉被和墙壁上的火把触手冰凉，显然，黑衣老僧并非刚刚离开。

"赵敬忠，你这小子，你到底有没有见着那人？不是我数落你，这么一大拨弟兄跑了一天一夜，结果扑了个空，人毛也没见着一根，回去后咱们怎么向左千户交代？你说！你说！"张易之还在絮絮不休，赵敬忠却没有理会，他在思索到底哪里出了问题。

思来想去，只有两种可能：其一，两名守门的僧人无缘无故昏倒，引起了黑衣老僧的警惕；其二，有人通风报信。

回到前院，马乘风已经将开化寺的主持、首座、院监等人统统揪了出来，正在挨个审问。锦衣卫精通刑讯之术，这些和尚哪熬得住这等手段，一个个哭爹叫娘，连声求饶。

看到赵敬忠走来，马乘风点头道："赵兄弟，我已经仔细问过，那名黑衣老和尚半月前带着几个和尚来开化寺挂单，两天前就已经走了。另外，寺里有些僧人曾见过'那个人'，因为害怕那黑衣老僧，他们没敢询问。"

听到马乘风这么说，张易之立即又变了脸色，连叫可惜："哎呀呀，赵兄弟，看来是老哥错怪你了！可惜，可惜咱们来晚了一步，白白错过了天大的功劳！"

张易之这厮，变脸比翻书都快。赵敬忠心怀鄙夷，脸上却不敢流露，躬身道："大人言重了，卑职没能料到那老僧提前离开，也有失察之过。"

"赵兄弟不必自责，这次虽然扑了个空，但老哥相信，你一定能再次找到那个人！"张易之故作豪爽地拍了拍赵敬忠肩膀，又转头对马乘风道，"马大人，依我之见，那老和尚未必会跑得远了，咱们派人在方圆数十里内仔细搜寻，说不定还有机会。"

马乘风犹豫一会儿，摇头道："算了，千户大人曾交代过，此事不可太过招摇，还是暗中寻访为上。"

建文帝朱允炆毕竟是洪武皇帝的嫡孙，继承皇位名正言顺。朱棣发动靖难之役，特地打出了"靖国难、清君侧"的旗号，并不敢直接把矛头指向朱允炆。如今距靖难之役已有十余年，时间说短不短，说长却也不算长，江南士族中，仍有不少人心念建文帝。如听闻朱允炆仍在世间，人心必然动荡不安。所以，朱棣才会公开宣称建文帝已自焚而死，同时又派遣锦衣卫秘密寻访其下落。

"马大人言之有理。"张易之连连点头，又拍拍赵敬忠的肩膀，笑道："赵兄弟，看来只能再次劳烦你了。"

赵敬忠连称不敢，躬身道："请两位大人放心，卑职一定尽力寻访！"

$\angle$13

数日后，鄱阳湖。

赵敬忠站在岸边，迎风眺望。湖面浩渺壮阔，水天一色，一眼望去，似乎无边无际。

马乘风和张易之率队返回南京，赵敬忠却一路追寻着黑衣老僧的气息，最终追到了鄱阳湖边。

段诚带着两名装扮成普通乡民的锦衣卫走到赵敬忠身后，愁眉苦脸地说："赵头，这里有什么看头？前不着村后不着店的，要是赶不到饶州，恐怕今晚就要露宿荒野了。"

赵敬忠手指湖面,道:"你知道吗?洪武皇帝曾在这里击败陈友谅的数十万大军。无数将士曾在此浴血奋战,临湖远望,追思往事,真叫人不胜唏嘘!"

数十年前,在鄱阳湖曾爆发过一场前所未有的大战,交战双方一方是尚未称帝的朱元璋,另一方则是自立为汉王的陈友谅。据说当时陈友谅的汉军号称六十万,朱元璋手下的军马东拼西凑却仅有二十万,实力悬殊。

这一场大战持续了三十多天,战事极为惨烈,双方都死伤惨重。陈友谅麾下大将张定边勇猛无敌,曾驱船直取朱元璋,几乎将朱元璋逼入绝境。

最终,朱元璋采纳了谋士刘伯温的计谋,纵火焚烧对方战船,以弱胜强,大败陈友谅军,从而奠定了一统天下的基础。

段诚没有那份闲情逸致，纳闷地说："赵头，咱们是来寻人的，你怎么突然发起感慨来了？"

赵敬忠摇头长叹："一将功成万骨枯。洪武皇帝驱逐蛮虏，征战天下，创下了盖世功业，只可惜，可惜……"

段诚恍然，笑道："原来赵头是在感叹生不逢时啊。只可惜咱们晚生了几十年，不然也可以追随洪武帝打拼一番，凭本事搏一个封妻荫子，也不用再受张易之那种蠢材的鸟气！"

赵敬忠苦笑不语。他只是在感叹战争给黎民百姓带来的苦难，没想到段诚却会错了意。

赵敬忠之所以留下段诚等人，就是为了在发现那黑衣老僧后可以有人赶回去通风报信，以免率队赶来后再次扑空。可是，有段诚在身边，就要沿途打听，无法再像之前那样凭气味追踪，因此速度慢了不少。好在黑衣老僧和他手下那独眼僧人的相貌都很容易辨认，而且气息也未曾断绝，倒也不用担心追丢。

默然片刻，赵敬忠转向段诚，吩咐道："岸边有不少渔家，你带上魏老三和施老七，再去打听一下，注意不要泄露身份。"

"明白。"段诚抱拳点头，随后转身带着两名锦衣卫快步离去。

目送段诚等三人走远，赵敬忠也转过身，信步来到附近一片树林里，四周张望片刻，忽然提高声音道："端木姑娘，请现身吧。"

随着一声轻笑，一道身影从树冠中跃下，轻盈地落在赵敬忠身边，正是端木琴。

端木琴身上有一股很独特的桐木味，赵敬忠早就发觉她一直在暗中跟随，所以才故意支开了段诚等人。

赵敬忠皱起眉头看着端木琴："你怎么还在跟踪我？"

"因为我想搞明白一件事。"端木琴绕着赵敬忠走了几步，笑道，"你们口中的'那个人'究竟是谁？"

"你偷听了锦衣卫对话？"赵敬忠微微变色。

"什么叫偷听？你们说话嗓门太大，声音自己跑到我耳朵里来，我又有什么办法，塞起耳朵假装听不到吗？"端木琴反唇相讥，又凑到赵敬忠面前，微笑道，"此外我还跟踪了张前辈，我发现，他的手下像是在保护那位中年僧人。如果我没猜错的话，那中年僧人就是你们口中的'那个人'，对不对？"

赵敬忠板起脸来，摇头道："这是我们锦衣卫的机密要务，我不能说。"

端木琴撇了撇嘴："不说就算了，我早晚会弄明白。"

"你跟踪我就是因为这些？"

"不止这些，你不是在寻找张前辈吗，我已经查到了，他们有一个据点，距离此地并不远。"

"真的？"赵敬忠半信半疑地看着端木琴。

"当然是真的！我干吗要骗你？"端木琴又绕着赵敬忠走了一圈，笑嘻嘻地补充道，"只不过，这个据点位置十分隐秘，就算是你，没有月余时光恐怕也找不到。"

"月余时光？这也太夸张了！"赵敬忠揉揉鼻子，自负地说，"赵某的鼻子可不是摆设。"

端木琴扑哧一笑："就算你能找得到，但是，到那时候，张前辈他们还在不在，也就很难说了。"

赵敬忠闻言一愣。若再像上次那样，赶到时黑衣老僧早已离去，岂不糟糕！仅靠着嗅觉一路跟在他们身后,却又要跟到何时?

赵敬忠沉思不语,端木琴又笑眯眯地说:"我可以带你去,不过,我有一个条件。"

"那人的身份我不能说。"赵敬忠下意识地摇了摇头。

端木琴白了赵敬忠一眼:"那人的身份我才不稀罕。我的条件是神器,你要帮我找到神器,拿到神器后,还要把它交给我。"

"神器?那玩意儿和我有什么关系?"赵敬忠愕然不解。

"大有关系,你的鼻子很灵嘛。"端木琴一本正经地说。

赵敬忠有些犹豫。原来神之子想利用他超乎常人的嗅觉去寻找神器,只不过,神器应该在姚广孝手里,具体藏在哪恐怕只有姚广孝知道。

黑衣老僧要得到神器,神之子也要得到神

器,姚广孝则在保护神器。三方人马为之争抢,这所谓的神器到底有什么重要?

端木琴似乎有些不耐烦,顿足道:"你到底答不答应吗? 神器原本就是我们神之子的东西,我们拿回它,不过是物归原主而已。"

"好,我答应你就是。"赵敬忠左思右想,终于点了点头。神器究竟是什么玩意儿和他无关,找到黑衣老僧就能找到"那个人",这才是赵敬忠最关心的事。

"太好了,太好了!"端木琴顿时笑靥如花,拉住赵敬忠左手,兴冲冲地说,"那咱们这就出发。"

端木琴手掌温软滑腻,就像是没有骨头。赵敬忠面颊发热,心跳加剧,他假意咳嗽一声,乘机挣开端木琴的手掌:"那个……我的手下正在四处寻访,我就这么离开,有点不太合适。"

"那有什么,你留下个纸条不就行了,几个大活人,你还怕他们走丢了不成?"

　　赵敬忠无奈,取出炭笔,在一块大石头上画
了锦衣卫暗记,叮嘱段诚等人在此等候,这才和
端木琴一起离去。

14

两三个时辰后,赵敬忠和端木琴来到了湖边一间破败的古庙外。

　　庙宇残破,大门都塌了半边,显然久未修葺。红日将沉,在庙外一棵焦黑的老树上洒下点点血色光芒,周围荒草丛生,透着几分死寂和不祥。

　　端木琴拉着赵敬忠躲在草丛里,指着前方的破庙,低声说:"就是这里。"

　　"就这间破庙？"

端木琴点点头:"这原本是水神庙,我问过附近的乡民,他们说庙里闹鬼,所以没人敢来,就渐渐成了这样子。"

　　闹鬼?只怕是那黑衣老僧装神弄鬼才对。没人敢来进香,才方便他们把庙宇据为己有。

　　空气中能闻到黑衣老僧的气味、"那个人"的气味,还有两个比较陌生的气味,应该就是在开化寺守门的两名僧人。此外赵敬忠还闻到了烤肉味、酒香和白米粥的味道,显然庙内众人正在吃饭。

　　只有这几人?那个独眼僧人又在哪里?不知何故,赵敬忠心中蓦然浮出了一丝不安。

　　"咱们靠近点。"赵敬忠拉起端木琴,两人借着杂草的遮掩,悄无声息地潜到了院墙下。年久失修的缘故,墙石也坍塌剥落了不少,高高低低,参差不平。透过缺口,正好能看清院内的情况。

院内支着一个烤架，下面生着一堆火，把一头剥了皮的野猪烤得嗞嗞作响。那黑衣老僧和另两个僧人围坐在火堆边，正在喝酒吃肉。

赵敬忠没有看那黑衣老僧，他在盯着另外一个人，"那个人"。

那位中年僧人独自坐在一旁的蒲团上，捧着一碗白米粥，双眉微皱，似乎若有所思。

太好了，朱允炆果然在这里！赵敬忠正暗自欢喜，端木琴忽然凑到他耳边，细声道："小心，又有人来了！"

脚步声响起，不多时，几个人先后穿过大门进了院子，为首的正是那名相貌凶狠的独眼僧人。他身后另有三名僧人，每人都提着钢刀，押着三个双手被绑、头上还蒙着黑布的人。

这些僧人和那独眼僧人一样，身上都带有煞

气,估计也是行伍出身。

"不好!"赵敬忠闻到了三股熟悉的气味,脸色顿时为之一变。

端木琴回头,低声问道:"怎么了?"

赵敬忠指指被绑那三人:"他们就是我的手下。"

独眼僧人扯下那三人头上的黑布,果然,正是段诚、魏老三和施老七。他们被赵敬忠派去打探消息,却不知为何反而被擒。此刻三人除了双手被反绑之外,嘴里还塞着破布,说不出话来,只能睁着眼左右打量。

独眼僧人把三面腰牌丢在朱允炆面前,又拿出三柄绣春刀,指着段诚等人说:"锦衣卫,来杀你的。"

朱允炆浑身一震,看看地上的腰牌,再看看独眼僧人手里的绣春刀,眼神中透出了几分疲倦和伤感。

院墙外的赵敬忠愣住了。来杀他？这话是什么意思？

"现在你明白了吗？"黑衣老僧起身走到朱允炆面前，摇着头说，"你活着就是威胁，就算你躲到天涯海角，朱棣也不会放过你。除非你死了，他才会高枕无忧。"

"想活下去，就要把天下从朱棣手里夺回来！"

这句话犹如五雷轰顶，赵敬忠顿时目瞪口呆。身边的端木琴也张大了双眼，满脸惊异。

院子里，黑衣老僧还在和朱允炆对话，但赵敬忠没有听到，他在努力消化刚刚这些消息。

黑衣老僧竟然要帮朱允炆夺取大明江山！他为什么要这么做？他究竟是什么人？

两声闷哼把赵敬忠从沉思中惊醒，抬头一看，魏老三和施老七已扑倒在地，背后血如泉涌。那独眼僧人再次举起钢刀，对准了段诚。

　　"住手！"赵敬忠想也不想，腾身跃过院墙，半空中抽刀在手，一刀劈向那独眼僧人后脑。

　　独眼僧人来不及格挡，连忙侧身闪避，赵敬忠趁势落在段诚身旁，回手一刀，将绑着他双手的绳索劈断。这几下兔起鹘落，院内众人还没反应过来，段诚就已重获自由。

　　段诚死里逃生，不觉喜出望外，拽下嘴里的破布，连声叫道："赵头，你来救我了！"

　　赵敬忠挺刀护身，拦在段诚面前，头也不回地问："怎么回事，你们怎么会落在这些贼子手里？"

　　"这些贼和尚应该早就发现了咱们在背后跟踪，我们仨刚和你分开没多久就被他们给盯上了。"段诚似乎颇为窝火,啐了两口,骂道,"死秃驴!竟敢杀害御前锦衣卫!"

"锦衣卫算个屁!老子当年杀的人多了去了!"独眼僧人面带冷笑,提起钢刀,就要招呼同伴一拥而上。

"且慢。"黑衣老僧原本守在朱允炆面前,待看清赵敬忠面孔,才迈步走近,对他上下打量几眼,冷笑道,"原来就是你这小子一直在跟踪老夫。"

黑衣老僧虽已年迈,身材却依旧高大健壮,而且眼神凌厉如刀,气度沉猛威严,透着一股说不出的压迫感。

仅这个老和尚就能一巴掌把赵敬忠和段诚拍死,更别提他还有这么多手下。赵敬忠刚才只是不忍心见段诚丧命,一时情急才贸然出手,根本就没有想到脱身之策。眼看对方步步逼近,赵敬忠不由自主地退开了两步，一边紧紧攥住刀柄，一边偷偷向段诚使了个眼色，示意他赶快逃命。

段诚明白赵敬忠的意思，却不肯逃走，直着脖子叫道："奶奶个熊，老子才不怕你们这些秃驴，有种就把刀还给老子，背后打闷棍，算什么好汉！"

黑衣老僧盯着段诚看了片刻，稍一摆手，一名僧人俯身从地上捡起一把绣春刀，抬手掷给了段诚。

段诚接刀在手，立即精神大振，随手挽了个刀花，纵身扑向那黑衣老僧。众人眼睁睁地看着，谁知道段诚却中途转向，刀光一闪，斜斜向观战的独眼僧人劈去。

独眼僧人毫无防备，被一刀劈在肩头，顿时皮破血流。独眼僧人退开两步，骂道："竟敢暗算老子！真卑鄙！"

"卑鄙?!老子劈的就是你!"段诚口中咒骂,挺刀就要再次扑上,赵敬忠连忙上前拦住,喝道,"你快走!"

逃得性命,才能召集军马围剿这班贼子。段诚会意,口中却叫道:"待我再砍那独眼和尚一刀!"

段诚作势扑向那独眼僧人,然后掉转身体,敏捷地向大门外奔去。两名守在门口的僧人想要上前阻拦,却被赵敬忠挡住了去路。趁着这个机会,段诚就势冲出了破庙。

"想跑!"黑衣老僧微微冷笑,抬脚在地上挑起一把绣春刀,伸手挽住,看看段诚的背影,一刀甩出。风声呜呜,刀光破空而去,其势凌厉无匹。

段诚绝对接不下这一刀!赵敬忠闪身抢上,双手攥紧刀柄,对着那道刀光全力劈下。

双刀交击,一声脆响,赵敬忠全身皆震,两臂酸麻，不由自主地连退数步。他手中的绣春刀竟然断成了两截，刀头不知飞向何处，而黑衣老僧掷出的绣春刀也被段诚一刀劈落，斜斜插在地面上，刀柄犹微微轻颤。

"眼疾手快，落刀精准，好身手！"黑衣老僧赞了一句，又回身向独眼僧人微微点头，"追上去。"

独眼僧人按着肩上伤口，大声呼喝，指挥手下去追，赵敬忠要再次上前阻拦，那黑衣老僧却挡在了他面前。

"让老夫来试试你的身手。"黑衣老僧迈步上前，一拳击出。

赵敬忠手里只有半截断刀，不敢招架，看看插在地上那把绣春刀，甩手把断刀丢向那老僧，同时一个后滚翻，借势把地上的绣春刀拔了出来。

刚刚攥住刀柄，赵敬忠忽然发觉不对。这把刀被赵敬忠全力挥刀猛劈，刀刃也有了裂痕，只是未曾断开，他伸手去拔时才断作两截，赵敬忠握在手里的仍然只是半截断刀。

就这么一愣神的工夫，黑衣老僧的拳头已到了胸前。赵敬忠知道对方力大无穷，不敢硬接，纵身向后跃起，同时抬起双臂护住要害。

赵敬忠的两臂架住了黑衣老僧的拳头，却像是没有任何效果，那拳头只微微一顿，随即落在赵敬忠胸前。

胸口如遭重锤所击，赵敬忠感觉有一块大石头硬生生地砸进了胸腔，身体却轻飘飘地凌空飞起，没等落回地面，他就已经吐出了一大口鲜血。

脑袋昏昏沉沉，两眼望出去也是一片蒙眬。迷迷糊糊中，赵敬忠隐约听到了"铮铮"两声琴音，他想转头去看，身体却重重地落在了地面上。

又一股鲜血夺口而出，赵敬忠终于昏了过去。

15

赵敬忠睁开双眼,发现自己正躺在一张竹榻上,身上还盖着一张薄被。

　　空气中混合着野草和竹叶的清香,这里是什么地方?赵敬忠转头四下打量,发现整栋房屋全是用竹子搭建而成,就连床头的矮几和椅子也是竹干所制。

　　一个身穿青色长裙的女子蜷缩在一张竹椅里,双眼微闭,还轻轻地打着呼,正是端木琴。赵敬忠看她睡得正香,不愿打扰,想坐起身来,却又感觉胸口疼痛难忍，不由得呻吟一声，又躺了回去。

端木琴睁开双眼，看到赵敬忠醒来，却像是一点也不惊讶，伸个懒腰，又打了个哈欠，才起身道："你总算醒了，我去叫师父，你先躺着不要乱动。"

不多时，端木琴引着一位老道士走进房来。那道士身穿青色道袍，手中挽着一柄拂尘，须发皆白，目光沉静温和，颇有几分得道高人的气度。

老道走到竹榻前，微笑道："赵大人，我们又见面了。"

"是你?这里是什么地方?是你们救我来的?"这老道就是当日在南京钟山与黑衣老僧密谈的青衣道士，赵敬忠曾见过一次，但当时山洞光线昏暗，没能看清他的相貌。

端木琴从老道背后探出脑袋，撇着嘴说："救你的当然是我，还能是谁啊?"

昏迷前赵敬忠隐约听到了琴声,应该是端木琴出手救走了他。他挣扎着想坐起身来,老道上前轻轻按住他的肩膀:"你身受重伤,最好不要乱动。"

赵敬忠掀开身上薄被,勉力低头看了看自己前胸,发觉上身衣服已经不见,胸口则缠满了白布条,看不出伤势如何。

老道在一张竹椅上坐下,摇头叹道:"张定边身具金刚之力,你正面挨了他一拳,能活下来实属侥幸。"

"张定边?"赵敬忠满心疑惑,喃喃地说,"那黑衣老和尚叫作张定边?这名字……这名字好耳熟啊!"

老道微微点头:"对,张定边,他原本是陈友谅部下大将,也是陈友谅的结义兄弟。"

"啊?"赵敬忠满心震惊,却又有些不敢相信,反驳道，"他就是陈友谅的部下张定边？怎么可能？他……张定边多少岁了？怎么还活着？"

老道微笑摇头："张定边的具体年龄我还真不知道，据说他是前朝至顺末年生人，如此算来，至今应该有七十多岁了吧。"

"七十多岁的老人，竟然比年轻人还要勇猛！这……这怎么可能！"赵敬忠仍然不敢相信。

"怎么不可能？"老道面带微笑看着赵敬忠。端木琴再次从他身后探出脑袋，插嘴道，"刚刚老师不是说了吗，张前辈的特质是'金刚'，拥有这种特质的人，不仅力大无穷，而且恢复力惊人，当年张前辈在战场上所向无敌，无数次身受重伤却又能恢复如初，就是因为他这种特质。"

赵敬忠从小就多次听闻前朝战事，知道陈友谅曾与朱元璋争霸天下，也知道张定边曾多次身受重伤，仅鄱阳湖一战，张定边就身中百余根羽箭,如果换作普通人,恐怕十条命也不够丢的。

"金刚?"赵敬忠心中困惑,下意识地问道,"你们是说,那老和尚……张定边也是你们神之子的人?"

老道微微摇头,叹道:"我希望他是,可惜他不是。"

"这话是什么意思?"赵敬忠不解。

老道手捻长须,转头望向窗外,许久,才开口道:"当年鄱阳湖一战,陈友谅败亡,张定边势穷力孤,最终也降于大明,但他不愿在洪武皇帝手下为官,于是出家为僧。"

"你应该知道,我们神之子的职责就是寻找拥有神之血脉的人,所以我找到了张定边,希望他能加入我们。和你一样,张定边对神之子也十分好奇,再加上他已是山野闲人,所以没怎么考虑就答应了我的请求。

"加入神之子之后,张定边倒也很安分,严格遵守教内戒令,平静度日。如此过了数年,张定边忽然不告而别,之后大家才发现,圣殿中供奉的神器不见了,负责看守神器的人也被打成重伤。

"不久,又一位教友不告而别。我推断神器失窃应该和他们有关,正打算发动教众寻访,却又遭到了洪武帝朱元璋的猜忌。那段时日,我仅能自保,没有余力再去追查他们两人的下落,不得不把此事搁置了下来。

"后来……"

遭到了朱元璋的猜忌?这老道到底是谁?赵敬忠疑惑更甚,不由得插口道:"且慢,你……你到底是什么人?"

老道淡淡一笑:"贫道姓刘名基,字伯温。"

刘基刘伯温!赵敬忠大吃一惊,腾地坐起身来,一时间竟然连伤口疼痛也忘记了。

"刘伯温？你、你……刘伯温不是早就死了吗？怎么……"赵敬忠震惊莫名，激动之下，已经有些语无伦次。

老道稍稍抬头，眼神空蒙，似乎想起了很多往事："在投奔朱元璋之前，我就已经是神之子圣使。我认为朱元璋有能力平定天下，让世间万民安居乐业，所以才甘心为他效劳。"

"当年朱元璋对我信任有加，可谓是言听计从。可是……"说到这里，老道微微苦笑，摇头叹道，"人坐的位置不同，想法也会随之发生变化。朱元璋做了皇帝之后，就开始猜忌功臣旧部，连我也不例外。"

"你应该知道，洪武朝的老臣大都不得善终，我也是假装服毒自尽，才得以逃过一劫。"

赵敬忠默默无语。大明立国之后，朱元璋大肆屠杀功臣名将，如胡惟庸、李善长、蓝玉等人，都是被满门诛杀,受牵连而死者更是多达数万。这些事天下无人不知,赵敬忠自然也早有所闻。

"朱元璋对我自尽一事仍心存疑虑,数年之间,贫道东躲西藏,不敢泄露行踪,直至朱元璋魂归极乐,才算是放下心来。

"此后我又开始寻访张定边和神器的下落,但建文帝继位不久,朱棣就起兵南下,天下再度陷入战乱。我们人手不足,又只能暗中寻访,直至战事结束,才初步得知神器似乎在朱棣手中。"

"靖难之役中,曾三次刮起怪风。白沟河之战、夹河之战、真定之战,每当朱棣陷入危急,就突然狂风大作,吹得南军无法睁眼,北军却丝毫不受影响,因此取得大胜。可以说,就是这三场怪风改变了战局走向,让朱棣得以登上皇位。"

"怪风?这个神器和这三场怪风又有什么关系?"赵敬忠不解。

刘伯温肃然道："神器是神灵遗留下的圣物，可以在短时间内改变天气。"

"啊？"赵敬忠目瞪口呆，感觉刘伯温的话十分荒唐。改变天气，让下雨就下雨，让刮风就刮风，那不成法宝了吗？世上哪会有这种事？

刘伯温似乎看出了赵敬忠的心事，微笑道："你的想法和我一样，当年我首次听闻这些事时，也感觉十分荒唐。"

赵敬忠低头不语。张定边和姚广孝都把神器视为至宝，很显然，他们相信这个神器的力量。可是，若真有这种可以改变天气的神器，那么，这神器又是从何而来呢？难道世上真的有神仙吗？

刘伯温安详地看着赵敬忠，笑道："你还是不肯相信吗？"

赵敬忠缓缓摇头："如果神器是真的，那么，它又是从何而来？"

"你真笨！"端木琴撇着嘴道，"当然是神灵留下的，所以才叫神器嘛。"

赵敬忠忍不住笑了："神灵？如来佛祖吗？还是太上老君？"

"非也。"刘伯温抬手向上一指，"神来自星海，又归于星海，神灵们离开之前，在世间留下了他们的血脉。而每个拥有神之血脉的人，都拥有不同于常人的特质。我们是神的后裔，所以才以'神之子'三字自称。至于神器，就是神飞往星海前留在世间的物品。"

看两人神情庄重，赵敬忠脸上的笑容渐渐消失，默然片刻，才摇头叹道："我不知道是否应该相信你们的话，但我知道，你们要找的神器，就在姚广孝手里。"

"原来你已经查到了。"刘伯温微微点头，"起初我们认为朱棣握有神器，但几度试探之后，我又发现朱棣没有神之血脉。直到不久前，我们才查出姚广孝就是当年继张定边之后离开的那名神之子，这才确定神器应该在姚广孝手里。"

"姚广孝？他也是神之子？"赵敬忠迟钝地问。今天听到了太多匪夷所思的事情，相比之下，姚广孝是神之子这事已经不再让他感到惊讶了。

端木琴抢着回答道："对，他的特质是'形变'，可以随意改变体形或相貌。离开神之子后他就变换了容貌，所以我们没有查到是他，直到神器数次改变天气，我们才最终确认他的身份。老师推断，应该是张定边盗走神器，又交给了姚广孝，让姚广孝帮助朱棣起兵。"

"随意改变相貌？还能改变体形？好厉害！"赵敬忠又感到吃惊。千变万化，那岂不成了《西游记平话》里的孙行者？

端木琴笑着点点头："是挺厉害，只不过，这种特质对你却没什么用。"

赵敬忠闻言一愣，随后就明白了。他的特质是"嗅辨"，擅长用嗅觉来分辨，一个人的相貌可以改变，但独有的体味却是没法改变的。因此，"形变"可以瞒过他人，却无法瞒过赵敬忠。

赵敬忠沉默片刻，开口道："我曾亲眼见到张定边找姚广孝索要神器，姚广孝却拒绝归还。"

"张定边对陈友谅败亡一事始终耿耿于怀，之前他盗走神器，又交给姚广孝，就是要利用神器来搅乱天下。如今张定边又找到了朱允炆，一旦神器也落到他手里，他必然会撺掇朱允炆起兵与朱棣争夺大明江山。"

"天下平定未久，我们不能让神器落入张定边之手。"刘伯温眉宇间透出了几分忧色，"我们知道神器就在姚广孝手里，却不知道他究竟藏于何处。所以，我希望你能帮我们找回神器。"

赵敬忠摇头道："姚广孝是皇上最信任的人，一人之下万人之上的大人物，神器由他来保管，岂不更加安全？"

刘伯温盯着赵敬忠看了一会儿，忽然问："姚广孝为什么要劝朱棣起兵造反？"

"这个？"赵敬忠有些迷糊。若说姚广孝是为了自己的私欲吧，他一不贪恋权位，二不贪恋钱财。他到底是为了什么呢？

"姚广孝，只是为了证明自己。"刘伯温替赵敬忠说出了他心中的疑问，"为了不埋没自己胸中所学，为了让名声流传后世，而不惜生灵涂炭，血流成河。这样的人，可以信任吗？"

赵敬忠胸中悚然，思量再三，终于点头道："端木姑娘对在下有救命之恩，赵某一定竭尽全力，帮你们找回神器。"

∕16

望着南京城巍峨的城墙，赵敬忠心生感慨。离开南京不过十多天，但死里逃生的经历，却让他产生了一种恍如隔世的感觉。

端木琴用手肘碰碰赵敬忠左肋，问道："想什么呢，怎么满脸忧郁？"

赵敬忠哎哟一声捂住肋部，抱怨道："你轻点，我伤势还没痊愈呢！"

端木琴嘲笑道："不过被人打了一拳而已，有什么大不了？再说老师已经给你用了疗伤灵药，你这点小伤,早就好了。"

赵敬忠摸摸肋下,再按按胸口,果然不疼不痒。在他昏迷未醒之时,刘伯温给他灌了一剂伤药,据端木琴所说,这伤药也是神灵所遗留,无论再严重的伤势,只需服下一滴,就能恢复如初。

这灵药太过神奇,赵敬忠原本并不相信,但没过两天,他就能下床走动,胸口也没了痛感,只是微微发闷。解下缠在胸前的布条,却见肌肤红润,连一点瘀青也没有。

有了这次的经历,赵敬忠嘴里虽然不肯承认端木琴所说的"神灵",心中却已信了七八成。

进了城门,赵敬忠与端木琴分手,径自赶回镇抚司。

还没踏进卫所大门,远远地就看见段诚坐在门外台阶上,两眼漫无目的地望着天空,满脸愁容。

赵敬忠停下脚步,笑道:"段诚,你小子在干吗呢?"

段诚转头一看,顿时瞪大了双眼,腾地跳起身来:"赵头,是你,真的是你!"

"不是我还能是谁?"

段诚三步并两步跑到赵敬忠身边,一把将他牢牢抱住,嘴里哇哇大叫:"赵头,你可算回来了!这几天可把我给想死了!"

一位同僚从卫所内走出,看到这一幕,驻足片刻,揶揄道:"哎呀呀,原来赵大人竟有断袖之好,真是让人大开眼界!"

段诚闻言大怒,松开双手,怒冲冲道:"你放屁!你才断袖,你全家都断袖!告诉你,赵头救了我的小命,你知道不?"

马乘风闻声走出,看到赵敬忠,也是又惊又

喜,上前一把扯住,连声道:"赵兄弟,你平安归来真是太好了!我们接到段诚兄弟的消息,立即就召集人马赶了过去,却只见到了咱们两位兄弟的尸体,那些贼和尚早逃得不见了踪影。我们到处都寻你不见,还以为你已经遇害了。"

赵敬忠不敢说出被端木琴所救一事,支支吾吾道:"贼子人多势众,为首那老和尚又十分厉害,我抵挡不住,只能跳进鄱阳湖逃生,却在湖中遭遇风浪,差点被淹死。还好被一户渔民救起,又昏迷了几日,好转之后,就立即赶了回来。"

马乘风拍拍赵敬忠肩膀,叹道:"回来就好,回来就好!你快去见千户大人吧,他也一直在惦记你呢。"

只怕千户大人惦记的不是我,而是"那个人"。赵敬忠心中暗暗嘀咕,随着马乘风走进了卫所大门。

看到赵敬忠无恙归来，左君候满脸欢喜，问过了赵敬忠脱身的经过，连声道："太好了，赵兄弟吉人天相，真是太好了！"

赵敬忠抱拳道："卑职虽然找到了'那个人'，但没能将他带回来，还连累两位兄弟丢了性命，实在惭愧！"

左君候摇着手说："你不要这么想。段小旗已经给我禀报过了，那老和尚意图谋反，魏、施两位弟兄为剿灭乱党而死，正是死得其所。"

"千户大人言之有理！"旁边的张易之连连点头，附和道，"眼下最重要的就是找到这班乱党的巢穴，把'那个人'从他们手中夺回来！"

左君候捻着短须，摇头叹道："我已在饶州至鄱阳湖一带安排了数十名弟兄，但至今也没消息传回来，恐怕还没能找到这伙贼子的踪迹。"

张易之瞧着赵敬忠,笑道:"赵兄弟是咱们卫所第一寻踪高手,看来还是要赵兄弟出马,才能擒获这些贼和尚。"

赵敬忠自不推辞,点头道:"卑职全力追查,一定要擒获这班贼子,为死去的兄弟们报仇!"

"偏劳赵兄弟了!"左君候走到赵敬忠面前,拍着他的肩膀道,"待迎回'那个人',再剿灭了这班贼子,我一定如实禀报指挥使,阐明你的功劳!"

马乘风也笑道:"寻回'那个人',又剿灭乱党,这下赵兄弟的功劳可大啦,看来以后我还要称呼您一声'赵大人'呢!"

赵敬忠心口发热,勉强压下激动之情,抱拳道:"卑职不才,全仰仗各位大人栽培而已。"

左君候和马乘风哈哈大笑,张易之也笑而不语,但望向赵敬忠的眼神中却透出了几分嫉妒。

入夜,赵敬忠正在自己寓所内安睡,忽听窗外有人呼道:"赵敬忠,赵敬忠。"

是端木琴的声音,她怎么来了?赵敬忠微感惊异,忙穿衣起身,推开窗子问道:"不是说好在灵谷寺碰面吗?你怎么跑这里来了?"

端木琴纵身跳进房内,笑道:"怎么,不欢迎?"

赵敬忠摇头道:"哪里,哪里,只是咱们孤男寡女,深更半夜的共处一室,似乎那个……不太合适。"

"咱们又不是没在一间房里待过,有什么不合适的?"端木琴啐了一口,抢白道,"你昏迷不醒那几天,不都是我在照顾你,那时候怎么不见你说不合适?"

赵敬忠脸颊发热,分辩道:"我那时候不省人事,根本就没法说话!"

端木琴掩口轻笑："算了，不逗你了。我之所以急着来见你，是因为我在姚广孝府邸附近看到了一个人。"

赵敬忠下意识地问："看到了谁？"

"张前辈手下那名独眼和尚。"

"真的？"赵敬忠闻言一惊。

"千真万确。他改了装扮，还戴起了假发，但他的相貌和那只独眼很容易分辨，我绝对不会认错！"

张定边等人事已败露，应该隐藏行踪才对，怎么反而跑到南京城里来？赵敬忠有些不解。

端木琴道："一定是为了神器。你们锦衣卫已经觉察了他们的阴谋，为保万全，张前辈只有尽快从姚广孝手中夺走神器！"

难怪同僚们在鄱阳湖寻不见张定边的踪迹，原来他们变装易服，冒险潜入了南京城。

17

对于赵敬忠来说,南京城就像是一锅陈年杂烩汤,里面充斥着各种各样的气味。脂粉味、汗臭味、黄酒味、铁锈味、馒头味、花香味、屎尿味、果蔬味,甚至还有男女欢爱时分泌的体液味。每时每刻,这些气味都萦绕在他鼻端。

赶往姚广孝府邸的途中,赵敬忠伸长了鼻子东嗅西嗅,试图从城内杂乱的味道中分辨出张定边等人的气息。

端木琴盯着赵敬忠看了一会儿,忽然扑哧一

笑,打趣道:"赵敬忠,你有没有觉得,你的举止很像一条狗。"

赵敬忠揉揉鼻子,苦笑道:"小时候经常有人这么说我,所以我才故意隐瞒了自己的能力。"

端木琴愣了一愣,停下脚步,低着头说:"对不起,我……我只是在开玩笑,我不知道你在意这个。"

赵敬忠也停下脚步,摆手道:"没关系,无论你说我什么,我都不会介意。"

"真的吗?"

"当然是真的。"

端木琴喜出望外,牵住赵敬忠左手不住地摇动:"赵大哥你人真好!"

刚见面时,端木琴称赵敬忠为"赵大人",没过多久便直呼其名,现在却又变成了"赵大哥"。这称呼,怎么感觉越来越亲昵了?

端木琴牵着赵敬忠的手不肯放开,赵敬忠微感窘迫,转过脸装作去闻空气中的气息,借势抽出了左手。

端木琴盯着赵敬忠侧脸,忽而问:"赵大哥,你当真没想过加入神之子吗?"

赵敬忠默然片刻,最终摇了摇头。他之所以答应帮神之子取回神器,主要还是为了报答端木琴的救命之恩,至于成为神之子的一员,赵敬忠却压根没有考虑过。

端木琴清亮的双眸中蒙上了一层荫翳,低头叹道:"老师说你权欲心太重,看来是真的。"

"权欲?我哪有什么权欲?"赵敬忠摇头笑道:"只不过,男子汉大丈夫,总要立下一番功业,不能白来这世间一趟。"

端木琴也摇了摇头:"赵大哥,你有没有想过,这官场，其实并不适合你。"

"这话什么意思？"

"那天在琅琊山，我们遇到一位采药老汉坠崖，你想也不想，就飞身上前相救。你的同僚遇险时也是，你根本没想过如何脱身，挺刀就跳了出去。"

"老师曾说过，官场中尔虞我诈，钩心斗角，世间最阴暗最污浊之处莫过于此。赵大哥，你是一个心地善良的人，不会算计他人，也不懂得保护自己，你这样的人，根本就没法在官场中立足。"

赵敬忠哑然失笑："这话也太夸张了吧！我好歹也是七品总旗，干了十多年锦衣卫，不也啥事都没有？"

"总旗很大吗？"

"不大，也就比小旗高了半级。"

"那你不过只是一个小头目，等你当上了百户或是千户，才算真正地踏进了官场。"

赵敬忠咧嘴一笑："那也要等我当了百户或千户之后再说。"

看赵敬忠满脸的不以为然，端木琴不再开口，只是摇头轻叹。

两人走走停停，不多时，姚广孝的府邸就浮现在了夜幕之中，已能看到大门外悬着两盏灯笼，还有几名执械护卫守在门边。

经过一个路口，赵敬忠忽然拉住端木琴，躲到了墙角。端木琴四下望望，看不到什么可疑人等，正要开口询问，赵敬忠凑到她耳边，低声说："我已经闻出来了，那独眼僧人就在附近，此外还有两名他的手下。"

"对方有几个人也能闻出来？厉害！"端木琴

啧啧称赞。

赵敬忠皱着眉说："而且,我似乎还闻到了神器的气味。"

"真的?"端木琴目光中透出了几分激动。

赵敬忠又摇着头道："气味太淡了,几乎无法分辨,我还不能确定。"

他们俩与刘伯温分别之前,刘伯温给赵敬忠看过一个木匣,这个匣子曾用来存放神器,因此留下了神器的味道。

刘伯温希望赵敬忠借此来寻找神器藏于何处,没想到,还没进入姚府,赵敬忠就嗅到了神器的气息。

"咱们再走近点。"赵敬忠拉起端木琴,借着墙壁的阴影向前移动。距离姚府大门还有几十米时,大门忽然吱呀的一声打开,赵敬忠忙又停下了脚步。

一个戴着斗笠的黑衣人提着灯笼从大门内跨出,见到此人,门外的护卫忙都挺直腰板,做出了一副精神抖擞的模样。黑衣人对护卫们不理不睬,左右张望一阵,顺着道路向鸡鸣寺方向走去。

赵敬忠伸出鼻子在空气中嗅了几下,回头对端木琴道:"这人身上有神器的味道,不过味道极淡,就算是我也要努力分辨才能闻出来。"

"应该是这人接触过神器。"端木琴捅捅赵敬忠,催促道,"咱们跟着他。"

赵敬忠并未回答,忽然伸手掩住端木琴的嘴巴,低声道:"先不要说话,那独眼和尚越来越近了。"

端木琴不再催促,却张嘴在赵敬忠掌沿咬了一口。赵敬忠猝不及防,疼得几乎叫出声来,急忙缩回了手掌。端木琴目光中含着一抹笑意,吐吐舌头,顽皮地向赵敬忠眨了眨眼。

那独眼僧人并未靠近，远远地站了一会儿，就转向别处，似乎只是来探查姚府的防卫。

等独眼僧人走远，赵敬忠瞪了端木琴一眼，怒道："你干吗咬我？"

"谁让你拿脏手来捂我嘴巴？呸呸呸！臭死了！"端木琴振振有词地反驳。

赵敬忠无可奈何，气咻咻道："算了，不和你一般见识。"

端木琴嘻嘻一笑，又推了赵敬忠一把："快跟着那人，别让他跑了。"

赵敬忠却不肯迈步，犹豫着说："可是，那独眼和尚就在附近，跟着他，就能找到'那个人'。"

"什么那人这人的，神器才更重要！"端木琴有些不满。

端木琴说得不错。张定边对朱元璋恨入骨髓，恐怕他帮朱允炆的原因和之前帮姚广孝的原因一样,目的就是掀翻大明江山。对于张定边来说,谁做皇帝都无所谓,只要天下乱成一团,他就会心满意足。要达到目的,张定边就要借助神器的力量,因此,神器远比朱允炆更为重要。

"那好,咱们走。"左思右想,赵敬忠终于拿定主意,拉着端木琴跟了上去。

无星无月,四周漆黑一团。黑暗中,灯笼的红光在前方忽隐忽现,渐渐向上,显然那黑衣人已踏上了通往鸡鸣寺的山路。

端木琴不解,小声问:"这人三更半夜的去鸡鸣寺干什么?"

赵敬忠解释道:"此人是姚广孝的秘密护卫,据说姚广孝经常在鸡鸣寺留宿,他这时候赶过去,或许是担心姚广孝的安全。"

端木琴点点头,笑道:"姚广孝这人倒也奇

怪,放着皇上御赐的美宅不住,偏要住在和尚庙里。"

"不仅如此,他还把皇上赏赐的金银财宝都分发给了乡族,自己却分文不取。"

"还真是个怪人。"端木琴侧着头想了想,"难道是因为靖难之役中所造杀孽太多,这会儿回心转意,想积些功德?"

赵敬忠无语摇头,揉揉鼻子,在空气中嗅了几下。此时距离姚广孝的府邸已远,却还能闻到那独眼僧人的气味,倒是有些奇怪。

爬上一个山坡,赵敬忠忽而停下脚步,按住了腰间刀柄:"不妙,我们被跟踪了!"

18

.

"有人跟踪？"端木琴有些吃惊，张大了双眼左右张望。

夜色中传来一声冷笑，随后嚓嚓嚓的几声轻响，似有人在击打火石。

三根火把先后亮起，照亮了几张阴森森的脸孔，其中一人右眼蒙着一块黑布，正是张定边手下那独眼僧人。除他之外，其余几人都很陌生，身上却都带有久经沙场的煞气，显然也是出身军伍。

"张大帅曾说你小子有点特殊本领，所以屡次都能追上他。"独眼僧人上前一步，对着赵敬忠上看下看，"你简直就像一张狗皮膏药，怎么甩都甩不掉。"

"你是怎么发现我们的？"赵敬忠紧紧地攥着刀柄，在心中盘算如何才能出其不意地斩杀对方。这独眼和尚杀了魏老三和施老七，他要替两位兄弟报仇。

"你有特殊本领，老子也有自己的本领。"独眼僧人冷冷一笑，忽然伸手扯下了自己的遮眼布，"你们认为老子只有一只眼是吗？错！老子的右眼看得比谁都清楚！"

在火把的照耀下，赵敬忠看得清清楚楚，那独眼僧人的右眼竟然完好无损，只是整个眼珠都是血红色，根本就没有瞳仁，看上去分外诡异。

"老子这只眼睛有点吓人，所以才把它遮起

来。"独眼僧人指着自己的右眼,冷笑道,"老实告诉你,这只眼睛可以在暗中视物,早在你们两个没到姚广孝那厮家门外的时候,老子就瞧见了你们。"

夜视眼!赵敬忠下意识地看看端木琴,却在她眼中也看到了几分惊异,似乎端木琴也没有料到张定边的手下竟然也拥有神之血脉。

端木琴取下背后瑶琴,一边伸手去解包裹,一边问道:"看你们年龄和张前辈差了好多,根本不可能是他的手下。你们究竟是什么人,为什么要替他卖命?"

独眼僧人冷笑一声:"老子乃盛庸将军麾下校尉,顾四,这些人都是曾随我一起上阵杀敌的兄弟。靖难之役中,我们奉命讨贼,出生入死,不仅没得到半分抚薪,而且变成了人人喊打的过街老鼠。因此,只要是向朱棣老儿举兵,无论是谁,我们都愿意追随!"

赵敬忠心下恍然。盛庸原本是建文年间第一名将,曾多次击败朱棣,后来南京失陷,盛庸见大势已去,不得已才投降。朱棣对盛庸深怀忌恨,盛庸辞官后还派锦衣卫前去调查,最终将盛庸逼得自杀身亡。这些人都是盛庸的旧部,所以才甘愿追随张定边。

"如今天下已定,你们要做的事就是谋反!"

"哼哼,谋反?我们是为了公道!朱棣那才叫谋反!"

这独眼和尚对当今皇上直呼其名,而且,赵敬忠还曾见他把锦衣卫腰牌丢在朱允炆面前,举止同样毫无敬意。恐怕这些人和张定边一样,只是为了发泄胸中的积怨,根本不在乎谁做皇帝。

几句话的时间,端木琴已解开包裹,左手轻

轻按在了瑶琴上。顾四似乎发觉了不对劲，蓦然举手一挥，喝道："干掉他们！"

"铮铮"两声，两支弩箭破空而来，一支对准了赵敬忠，另一支却直奔端木琴射去。

两人与独眼僧人距离并不远，端木琴恐怕躲不开这一箭！赵敬忠不及细想，横身拦在端木琴面前，抽刀反撩。射向端木琴那一箭被一刀劈作两截，另一箭却深深地刺入了赵敬忠左肩，直没至羽。

"赵大哥！"端木琴眉宇间透着几分焦灼，却迟迟不肯挑动琴弦。

琴声不辨敌我，端木琴担心伤了他。赵敬忠有些着急，眼看又有两支羽箭劈面射来，忙挥刀斩落，同时大喝道："快动手！"

端木琴不再犹豫，伸指一挑，琴音响起。赵敬忠只觉胸口气血翻腾，手脚也又酸又沉，几乎握不住手中的绣春刀。

几声闷哼传来,火把先后失手跌落,顾四的手下都丢掉兵刃,栽倒在地。顾四脸色发白,身子摇摇晃晃,却没有摔倒。

"这琴声……果然有些鬼门道!"顾四不肯罢休,拔出钢刀,挣扎着向端木琴走来。

赵敬忠想起身迎敌,却又浑身酸软,只得回头喝道:"再来,再来!"

"铮!"琴声再次响起,顾四终于坚持不住,一跤栽倒,噗地喷出了一口鲜血。赵敬忠也心头剧震,似乎心脏随时都会从嘴里跳出来。顾四率领的手下全部瘫软在地上,嘴里喷吐着血沫,气息微弱。

"赵大哥,你怎么样?"端木琴按住琴弦,抬头看着赵敬忠,目光中满是关切。

赵敬忠苦笑着摇摇头:"目前还没事,你再弹一下，估计就有事了。"

顾四喘息片刻，突然抬起头来，两眼死死地盯着赵敬忠，狞笑道："好厉害的琴音，不过，老子的本领还没使出来！"

赵敬忠不明所以，看了顾四一眼，却见他血红的右眼中溢出了一道道血泪，显得极为狰狞。赵敬忠看得有些恶心，想收回目光，才发现自己的目光居然被那只血色眼珠吸住了，竟无法转动视线。

这是怎么回事？赵敬忠心中惶急，叫道："端木姑娘，快闭上眼睛，快！"

话音未落，赵敬忠就感觉脑海中一片混沌，周围的一切似乎都湮没在了黑暗中，视野中只余下了那只血红血红的眼珠。

血色眼珠像是在不断扩大，不仅是赵敬忠的目光，似乎连他整个人都要被那只眼珠吸进去。

暴虐、疯狂、欲望、杀戮……诸般念头在脑海中升腾而起,并盘旋冲突,如果不是四肢还酸软无力,赵敬忠几乎要跳起身来举刀四下狂劈。

那血色眼珠,像是放大了赵敬忠内心深处的欲望。

必须尽快脱困!赵敬忠焦急万分,但手脚都不能动弹,于是用力咬破了舌尖。血腥味弥漫在口腔里,强烈的疼痛带来了一丝清醒,赵敬忠抓住时机,用尽浑身气力,将绣春刀甩了出去。

夜色中,刀光一闪而过,深深插入顾四的胸口,直没至柄。顾四缓缓低下头,迟钝地看了看胸前的刀柄,然后瘫倒在地。

顾四丧命的同时,赵敬忠发现自己能动了,只是内心深处的燥热却并未消退,反而愈加强烈。

"赵大哥,赵大哥,你怎么了?"

是端木琴的声音，但听上去很细微很遥远。不，不对，端木琴就在身边！赵敬忠扶住端木琴肩头，催促道："把我的刀拿回来，咱们快走！"

"赵大哥，你受伤了！"

"不要紧，快走，快走！"赵敬忠用力摇着头，试图保持清醒。

赵敬忠倚在端木琴身上，脚下忽高忽低，视野一片朦胧，唯有端木琴身上那股清香反而愈加清晰。

内心躁动不安，赵敬忠很想抱住身边的女子咬上一口。他勉力压下心中的饥渴，迷迷糊糊地问："咱们去哪？"

"我住的客栈，我要帮你疗伤。"

"不，不用，你不能跟我在一起。"赵敬忠试图转身走开，但不知为何，他的手反而紧紧地握住了端木琴的肩膀。

"为什么啊？你是为了救我才受伤的！"

"我不能和你在一起！"赵敬忠竭尽全力试图保持清醒，但没有用，一股又一股的欲望如同海潮般不断涌来，终于将他吞噬了进去。

$\overline{19}$

一觉醒来，赵敬忠发觉自己身上盖着锦被，舒舒服服地躺在床上。

发了一阵呆，赵敬忠抽抽鼻子，皱起了眉头。空气中弥漫着一股奇怪的味道，那是男女欢爱时才有的气味。

昨晚的记忆很模糊，依稀记得端木琴搀着他回了客栈，之后……之后就什么也不记得了。

左肩的羽箭已被拔出，伤口也包扎得整整齐齐。昨晚，到底做了什么？赵敬忠心中不安，想掀开锦被看看，忽然发觉自己右手攥着什么东西，他举起右手摊开，却在掌心中看到了一根青色头绳。

端木琴的头绳。赵敬忠暗道不妙，掀开被褥，才发现自己竟全身赤裸，连底裤也没穿。

他和端木琴做了那种事？赵敬忠顿时呆若木鸡。

房门打开，端木琴抱着一摞衣服走了进来。看到赵敬忠呆愣愣地坐在床上，端木琴脸上浮出了一抹红晕，细声细气地说："赵……赵大哥，你醒啦。"

端木琴换了一身粉色长裙，显得既妩媚又可爱。

赵敬忠不敢多看，下意识地移开目光，想开口招呼，却又不知道该说些什么，只得道："端木姑娘,我……我……"

端木琴红着脸走过来,把手中的衣物放在床头:"那个……昨晚你把自己的衣服都撕碎了,我给你买了新的来。"

赵敬忠大窘,讪讪地道了一声谢,支支吾吾地说:"端木姑娘,昨晚我被那独眼和尚的目光迷惑了心智,才……才做出了这般不该做的事!实在是惶恐万分!对不起,我……我……"

"我明白,你不用道歉。"端木琴两只水汪汪的眼睛深深地望着赵敬忠,忽而浅浅一笑,"不过,你现在还叫我'端木姑娘'吗?"

赵敬忠脸颊发热,低下头去,不敢再看端木琴。

端木琴坐到床边,偎进赵敬忠怀里,两眼笑意盈盈地望着他:"赵大哥,我是你的人了,从今往后,希望你不要负我。"

赵敬忠满头大汗,颤声道:"我……我……赵某终生不敢有负!"

端木琴扑哧一笑,起身推了赵敬忠一把:"开个玩笑而已,看把你吓的。快起床吧,都已经已时了。"

赵敬忠有点尴尬,讪讪地说:"那个……还请你回避一下。"

"干吗要回避?我就不!"端木琴脸上再次漾起了两朵红晕,嘴里反驳,身子却乖乖地转了过去。

赵敬忠如释重负,掀起被褥,快手快脚地穿起了衣服。

穿好衣服鞋袜,赵敬忠走到端木琴面前,双手将那根头绳捧过:"端木……不, 琴儿姑娘,这个还你。"

端木琴白了赵敬忠一眼，转身背对着他："帮我系上。"

赵敬忠心中略感异样，依言将端木琴的长发扎起，还认真地打了个蝴蝶结。端木琴晃晃脑袋，又伸手到脑后摸了摸，似乎颇为满意："系的挺好啊，你是不是经常帮人系头绳？"

"没有没有，这是第一次，第一次。"赵敬忠矢口否认。

看赵敬忠神色尴尬，端木琴不再调笑，改口道："赵大哥，刚刚出去买衣服时，我特意绕到鸡鸣山看了看，却没有看到尸首和弓弩，就连地上的血迹也被人清理过了。"

赵敬忠微微一愣。端木琴用琴音击倒那几人不知是死是活，但顾四被他一刀贯胸，不可能还活着，更不可能自行起身走掉。

很可能是张定边派人清理了尸身。赵敬忠转

身在房中张望一圈，看到自己的佩刀丢在床边，就捡起来挂在腰间："我去看看。"

端木琴走到桌边，打开自己的包裹，取出两顶斗笠，将其中一顶递给赵敬忠："咱们一起去。"

两人随意吃了些早点，就戴上斗笠离开客栈，匆匆向鸡鸣寺方向走去。

鸡鸣寺位于鸡鸣山东麓，始建于西晋，乃南京城最古老的皇家寺庙之一，而且有"南朝四百八十寺之首"的美誉，香火一直鼎盛不衰。

山路上行人众多，大都是前往鸡鸣寺进香的香客，当然也不乏来赏玩风景的游人。也许正是考虑到这一点，张定边才连夜收拾了尸首血迹。

赵敬忠压低斗笠边沿，边走边嗅。端木琴悄悄捅了他一下，提醒道："别一直伸着鼻子闻来闻去，会被人看出来。"

赵敬忠反驳道："咱们戴着斗笠呢，没那么容易被认出来。"

"昨晚那和尚，不是一眼就认出咱们来了。"

顾四的右眼倒也很厉害，不仅能夜视，还能让人陷入迷乱。赵敬忠不由得问道："那和尚的特质叫什么？他怎么也有神之血脉？"

"不少拥有神之血脉的人都像你一样，故意隐瞒了自己的特质，我们神之子找到的只是一小部分，还有更多人隐藏在茫茫人海之中。"说完这些，端木琴停顿片刻，又摇着头说，"那和尚的特质十分奇怪，之前我从未听师父说起过。"

赵敬忠揉揉鼻子，疑惑地问："莫非张定边和姚广孝都在暗中寻访拥有神之血脉的人？"

"是这样，老师也这么认为。"端木琴缓缓点头，又补充道，"姚广孝手下就有一位能控火的女子，师父曾试过招揽她，却没能成功。"

"控火？"赵敬忠下意识地停下脚步，随口道，"那女子已经被张定边杀了。"

"你怎么知道？"

赵敬忠把端木琴拉到山道边，将自己前往姚广孝府中打探，并撞见那女子用火铳行刺张定边等事简单讲述了一遍。

"这种事，你怎么不早说？"端木琴不满地瞪着赵敬忠。

赵敬忠揉揉鼻子，尴尬地说："那时候，我还不清楚你们的身份和目的。"

端木琴又瞪了赵敬忠一眼，自语道："张定边和姚广孝已经彻底翻脸，要想拿回神器，他只有采用更强硬的手段！"

"是吗？"赵敬忠摇摇头，自语道，"不过，张定边认为那名能控火的女子是你们派去的。"

"故意派遣拥有特质的人去行刺，如果失手，张定边自然会认为她是我们神之子的人。"端木琴撇撇嘴，不屑道，"姚广孝这人，就喜欢搞阴谋诡计。"

这种伎俩有用吗？赵敬忠沉思片刻，心中忽然一凛。因为他的追踪才导致张定边的图谋提前暴露，如果不是急于拿回神器，张定边也许真的会将怒火转嫁到神之子头上。

登上一个山坡，鸡鸣寺已遥遥可见。赵敬忠左右张望，鼻翼抽动几下，喃喃地道："奇怪。"

"奇怪什么？"

"我闻到了姚广孝的气息。"

"姚广孝？"

赵敬忠点点头，抬起头深嗅几下，补充道："除了姚广孝，我还嗅到了张定边的气息，他们两个应该正在一起。"

20

鸡鸣寺占地足有千余亩，楼台多达数十座，气势宏伟。山门外人来人往，还有不少售卖香烛的商贩，热闹非凡。

两人随着人流来到山门前，赵敬忠却不进山门，左右踱了几步，拽着端木琴向鸡鸣山顶峰方向走去。

"我们往哪去？"端木琴疑惑地问。

赵敬忠摇头道："我也不知，我只是跟着气味在走。"

鸡鸣山峰顶，一座白色塔楼在林木掩映间若隐若现。赵敬忠知道那是观象台，乃朱元璋特设，里面设有浑天仪，还有属官负责观测天象及风候。

据说朱元璋还将鸡鸣山改名为钦天山，只是百姓们叫惯了口，还是爱用鸡鸣山这个古来就有的称呼。

观象台乃是官署，很少有游客来此闲逛，因此周围行人越来越少，不知不觉中，已只剩了赵敬忠和端木琴两个。

气味越来越清晰，除了张定边和姚广孝，还有其他人的气息。为免被人发现，赵敬忠拉着端木琴钻进草丛，借着草木的遮掩慢慢靠近观象台。山林中鸟雀阵阵鸣叫，正好可以掩去两人发出的响动。

距观象台还有五六丈远时,就听到张定边的声音随风传来:"男子汉大丈夫,当于乱世中立不世之功。姚广孝,这可是当年你最喜欢说的一句话。以前你也曾说过,就喜欢天下大乱,所以我才把神器交给你。如今我借助神器扰乱天下,不正是投你所好吗?怎么事到临头,你却推三阻四?难道年纪大了,心肠就也跟着变软了?"

赵敬忠和端木琴躲到一棵大树后面,悄悄探出了脑袋。

张定边站在观象台塔楼下,他面前坐着一个人,身穿黑色僧衣,双手被绑在背后,脑袋光光,满脸皱纹,正是姚广孝。除他们二人外,还有七八名光头大汉手提兵刃分布四周,显然是张定边的手下。

张定边竟然擒住了姚广孝!赵敬忠满心惊疑,躲在树后凝神观望。

张定边走到姚广孝面前，又问道："当年杀伐果决的姚广孝去了哪？老姚，难道你心肠真的变软了？"

姚广孝低头不语，半晌，才抬头道："张兄，并不是我心肠变软，而是……而是这神器，让我感到恐惧。"

张定边微微一愣，追问道："恐惧什么？"

姚广孝长叹一声："以前，我以为自己所学足以通天彻地，就算不借助神器，也足以辅佐朱棣夺得天下。但经过靖难一役，我已经明白了，若没有神器刮起那三场神风，朱棣必败无疑。帮朱棣夺得皇位的是神器，而不是我。

"神器，不是我们凡人所能掌控的，它代表了远远超出我们认知的存在。"

张定边愣了半晌，忽道："你这些话，简直就像从刘伯温那杂毛嘴里说出来的。"

姚广孝再次仰天长叹:"刘伯温才是真正的智者,之前我表面上加入了神之子,内心却对他并不服气,也不相信他那些话,认为所谓'神灵'或'神之后裔'都不过是无稽之谈,但现在,我已经相信了。"

张定边微微冷笑:"就算世间真的有神,和老夫又有鸟的相干?"

"张兄,如今天下已定,就算你有神器在手,也难以撼动大明江山。"

张定边似乎十分得意,忽而仰天大笑:"那可未必,实话告诉你,我已经找到了朱允炆。有了这小子,再加上神器在手,天下大乱指日可待!"

"你找到了朱允炆?"姚广孝愣愣地看着张定边,似乎极为惊讶。

"那当然,若不是找到了朱允炆,我为什么非要现在才来找你索要神器？"

姚广孝看着张定边，摇头道："张兄，你还是收手吧。我已经决定了，神器要永远封存，无论什么人，都不能再使用它。"

张定边再次冷笑："只怕由不得你。我已经派人给你的手下送去了书信，拿神器来换人，不然的话，就等着来人给你收尸。"

姚广孝并不紧张，镇定地说："姚某死不足惜，只怕这神器你拿不到手，况且，就算你拿到了神器，也未必能走出这南京城。"

"这你就不用担心了。"张定边哈哈大笑，"有你做护身符，谁人敢来阻我？"

原来这就是张定边的计划，用姚广孝作为人质来交换神器，简单粗暴，倒也极有效果。姚广孝乃当朝国师，地位尊贵，放眼南京城，恐怕没人胆敢眼睁睁地看着他去送死。

姚广孝不再理会张定边,闭上双眼,静静地坐着。张定边倒也不着急,反身坐在观象台大门外,从腰间解下一个酒葫芦,仰头灌了几口,一副怡然自得的模样。

时间在沉默的对峙中缓缓流过,阳光透过枝叶的间隙洒落在赵敬忠和端木琴身上,不知不觉间,已近未时。

远处传来了一阵急促的脚步声,似乎有人沿着山路迅速奔来。赵敬忠急忙拉着端木琴钻进长草深处,以免被来人发现。

姚广孝显然也听到了脚步声,蓦然睁开双眼,眉宇间闪过了一丝惶急。张定边抬头看看,放下酒葫芦,缓缓站起身来。

一位背负长剑、戴着斗笠的黑衣人出现在视

野中。他默默看了张定边等人一眼，就径直向姚广孝奔去。两名大汉提着兵刃上前阻拦，张定边摆手示意，两人才侧身让开。

黑衣人奔到姚广孝身边，单膝跪倒，双眼中满是焦急和关切。姚广孝摇摇头，叹道："你为什么要来？"

黑衣人不答，只是摇了摇头。姚广孝竖起双眉，怒道："我早就说过，神器，比任何人都重要，包括你我在内！"

黑衣人默默不语，还是不住地摇头。远处赵敬忠看得奇怪，心想，这人一个字都不说，莫非是个哑巴？

张定边似乎有点不耐烦了，大喝道："交出神器，姚广孝就能活命。"

黑衣人抬头看着张定边，缓缓摘下了斗笠。这时赵敬忠才看清那黑衣人的相貌，竟然是一位剑眉星目的美男子,只是脸色过于苍白,似乎终年没见过阳光一般。

端木琴盯着那黑衣人看了一会儿,又转过头看着赵敬忠,忽而笑道:"这人蛮俊的嘛,不过,还是赵大哥更俊!"

赵敬忠瞪了端木琴一眼,低声道:"别说话,小心被发现!"

黑衣人缓缓起身,狠狠地瞪着张定边,忽然抬手拔出了背后长剑。周围的大汉顿时紧张起来,有两人拉开长弓,将箭尖对准了黑衣人。

张定边若无其事,冷笑道:"想杀了我,再救走姚广孝?你大可一试。"

黑衣人似乎不敢造次,犹豫再三,忽然倒转剑柄,将剑尖插进了自己小腹。这一举动把众人都惊呆了,张定边也惊讶地瞪大了双眼。唯有姚广孝毫不动容,只是摇头长叹。

这人要自杀?为什么?赵敬忠也瞧得莫名其妙。

黑衣人拔出长剑,把左手探进小腹,血淋淋地掏出了一样东西来,递到张定边面前。

远处赵敬忠抽抽鼻子,忽然道:"他手里拿的,就是神器。"

端木琴微微点头:"我明白了,这黑衣人也有神之血脉,如果我没猜错的话,他的特质是'自愈'。神器一直就藏在这黑衣人体内,所以师父怎么都找不到,所以你才在他身上闻到了神器的味道。"

张定边神色奇异,不知是激动还是亢奋,接过那黑衣人手中的东西,又拎起酒葫芦,将酒水全部浇在了上面。

血色褪尽,张定边托在手中的像是一块石

头,灰扑扑的很不起眼。

赵敬忠十分好奇,捅捅端木琴,小声问:"这玩意儿就是神器?"

端木琴摇头道:"我也不知道,在我加入神之子之前,神器就已经被他们给盗走了。"

这玩意儿真的就是神器?看着张定边手中那块石头,赵敬忠满心不解。

21

神器到手,张定边极为得意,仰天哈哈大笑,震得周围鸟雀齐飞。

黑衣人伸手去搀扶姚广孝,张定边笑声忽止,喝道:"慢着,等老夫离开南京城,才能放了姚广孝。"

张定边要挟持姚广孝离开!端木琴像是有些着急,凑到赵敬忠身边,低声说:"咱们联手,打倒张定边,拿回神器!"

打倒张定边,咱们两个能行吗?赵敬忠犹豫

着没有回答。

那黑衣人再次举起长剑，紧盯着张定边，双眼中怒火熊熊。张定边小心翼翼地把神器揣进怀里，冷笑道："你想说老夫言而无信，是不是？尽管放心，老夫才不是那种人，离开南京城后，老夫自然会放了他。"

端木琴已经取下了背后包裹，看赵敬忠犹豫不决，就伸手拧了他一把。

赵敬忠见过那黑衣人出手，知道他身怀绝技，两人联手，足以与张定边一战。此时虽闻不到朱允炆的气息，但只要擒住张定边的手下，就能逼问朱允炆藏身何处。况且，就算刑讯无效，赵敬忠也能凭借嗅觉慢慢寻访。

更何况，救出姚广孝，功劳不亚于找到朱允炆。

赵敬忠思前想后，终于拿定了主意，点头道：

"你先用琴声击倒张定边的手下，然后我和那黑衣人一起去对付张定边。"

端木琴点点头，抖开包裹，双手一起按上了琴弦。琴声一响，内脏也随之共鸣，赵敬忠知道即使捂住耳朵也没用，就深深地吸了一口气，手按刀柄，凝神以待。

"铮！"琴声响起，周围山林忽然沉寂，随后噗噗腾腾一阵乱响，无数鸟雀从枝头跌落下来。张定边那些手下如遭雷击，一个个浑身抽搐，丢掉兵刃，软软地瘫在了地上。

那黑衣人浑身发颤，五指一松，长剑脱手跌落，却没有倒下。张定边脸色发白，后退一步，左右看看，忽然大喝道："使琴那丫头，快给老夫滚出来！"

端木琴应声跳出，笑吟吟地看着张定边："张前辈,又见面了。"

赵敬忠胸口发闷,也勉强跳起身拔出绣春刀,挡在端木琴面前。

张定边对赵敬忠视若无睹,紧盯着端木琴,冷笑道:"刘伯温那老儿,三番两次派人来行刺老夫,自己却躲在背后不敢露面,真是个卑鄙小人!"

端木琴缓步上前,笑道:"张前辈,这你就错怪家师了,家师向来光明磊落,从未派人行刺前辈。"

张定边啐了一口,悻悻道:"上次有个会控火的女刺客,曾用火铳偷袭老夫,难道不是刘伯温派来的?"

端木琴指指一直默默无语的姚广孝:"这件事,你就要问国师大人了。"

张定边回头瞟了姚广孝一眼:"那名女刺客是你派的?"

姚广孝不语，缓缓点了点头。张定边却也不生气，反而仰天大笑："心狠手辣，方可成就大事，对对对，这才是我认识的姚广孝。"

距离有点远，暂时还不能出手。赵敬忠趁着端木琴和张定边对话的机会，悄悄移动脚步，试图接近姚广孝和那黑衣人。

"站住！"张定边陡然大喝一声，手指赵敬忠，花白的双眉缓缓竖起，"还有你小子，三番两次破坏老夫的大事，你小子莫非也是神之子的人？"

赵敬忠微微摇头，摘下斗笠丢到一旁，倒提绣春刀，向姚广孝躬身一礼，这才答道："南京锦衣卫总旗赵敬忠，特来营救国师大人。"

姚广孝看着赵敬忠，眉头微皱，似乎不明白怎么会突然跳出一个锦衣卫来。

"你若真是锦衣卫，刘伯温那老儿为何会派这丫头赶去鄱阳湖救你？"张定边冷冷一笑，摇头道，

"无论你小子是什么人，今天你都要死在这里！"

张定边要动手了。赵敬忠不再迟疑，脚尖一挑，钩起黑衣人落在地上的长剑，同时抢步上前，刀光闪烁，向张定边肋下抹去。那黑衣人也极为敏捷，就势挽住剑柄，剑尖一抖，如同电光一线，直刺张定边咽喉。

两人一左一右，刀剑交加，配合堪称天衣无缝。

张定边半步不退，抬起左掌挡在喉前，右臂下掠，竟然直接用前臂格住了赵敬忠的刀锋。

噗噗两声轻响，剑尖刺入掌心，刀刃也劈进了张定边前臂。张定边却若无其事，飞起左脚，正中那黑衣人前胸。黑衣人闷哼一声，倒飞而出，口中喷出了一股鲜血。

张定边抬起左手，掌心中只有一点小小的血痕，剑尖仅仅刺破了皮肤，根本没能穿透他的手掌。想来赵敬忠那一刀也是如此。

果然如金刚护体！赵敬忠心中凛然，收回绣春刀，绕着张定边前后疾走。黑衣人趁机站起身来，也不擦拭嘴角血迹，就再次提剑扑上。

两人前后夹攻，剑指前胸，刀劈后颈。张定边仍旧不闪不避，用身体硬接下一刀一剑，拳如奔雷，再次击中黑衣人胸口。黑衣人又一次远远飞出，口中吐血，浑身骨骼咔咔作响，沿途洒下一溜血珠。

张定边毫不停顿，拧腰转身，右臂挟着烈烈风声向赵敬忠拦腰扫来。

赵敬忠之前挨过张定边一拳，那一拳就差点要了他的命，此刻自然不敢硬接，浑身缩成一团，才勉强避过。张定边一声大喝，提脚踩下。赵敬忠着地几个翻滚，远远躲开。那一脚踏空，尘土飞扬，大地微微颤动，地面上竟然绽开了一道道如同蛛网般的裂纹。

观战的端木琴双手悬在琴弦上，满脸焦急。姚广孝默默看了片刻，忽然叫道："刺他心脏，心脏才是张老儿的要害！"

黑衣人再次跳起身来，一剑剑直奔张定边心脏刺去。他的自愈能力极强，明明连着挨了张定边一拳一脚，动作仍然快如闪电，似乎丝毫也没有受伤。

张定边果然不敢再用身体硬抗，或侧身躲开，或用手臂格挡。赵敬忠看在眼里，忙提刀上前夹攻。两人都武艺过人，一时间刀光纵横，剑影闪烁，几乎看不清他们的身影。

张定边虽说身怀金刚之力，毕竟已年逾七十，比不上两人年轻气盛，左支右绌，只能步步后退。

"姚广孝，你这妖僧！老夫这就杀了你！"张定边似乎极为愤怒，忽而怒吼一声，甩开赵敬忠两人,转身奔向姚广孝。

黑衣人脸上变色,纵身跃起,如同一只黑色大鸟,从张定边头顶上方翻过,双脚刚刚落地,就回手一剑刺去。

剑光一闪即没,正中张定边左胸。没想到,张定边不闪不避,竟然用胸口接下了这一剑。与此同时,张定边左手五指并拢,如同一把钢锥,插入了黑衣人的胸腔。

赵敬忠暗叫不妙,纵身上前,一刀向张定边迎头劈下。张定边抬起右手迎向刀光,一把将刀刃攥在了掌中。赵敬忠尽力回夺,那刀锋却像是焊在了张定边手里,竟然纹丝不动。

张定边左手深深插进黑衣人胸腔,然后用力一拽,冷笑道:"你的恢复能力好像挺强,但没了这玩意儿,你还能恢复吗?"

一颗血淋淋的心脏在张定边手中微微跳动。

黑衣人胸前血如泉涌,松开剑柄,踉跄几步,仰天一跤摔倒,就此一动不动。

张定边面带冷笑,丢开那颗心脏,攥住剑刃,把长剑从胸中拔了出来,剑尖上仅有几滴鲜血,这一剑入肉不深,没能刺穿他的心脏。

赵敬忠心急如焚,看看张定边左胸的剑创,忽转头对端木琴叫道:"再弹一下,快!"

端木琴依言挑动琴弦,张定边浑身一震,不由自主地松开了握住刀锋的右手。赵敬忠也是全身发软,几乎要一跤栽倒。

琴声响起,劲力松懈,这是唯一的机会!赵敬忠咬紧牙关,合身扑上,双手攥紧刀柄,拼尽全力,向张定边胸前的伤口刺下。

"噗!"绣春刀贯胸而入,张定边连退数步,靠上了一棵大树。

一道鲜血从张定边嘴角缓缓流下,他并未擦

拭,伸手入怀,摸出神器举在面前。

"马上就能成功了,可惜,可惜……"张定边五指一松,神器跌落,骨碌碌滚到了赵敬忠脚下。

"九四①,九四,让你等了这么久,你不会埋怨我吧。"张定边喃喃低语,靠着大树缓缓坐倒,脑袋一垂,闭目而逝。

终于结束了!赵敬忠瘫坐在地,呼呼呼不住喘气。这一场搏斗时间并不长,却耗尽了他全部体力。而且,如果不是黑衣人先刺了那一剑,如果不是端木琴及时出手,赵敬忠根本没有把握杀死张定边。

许久,姚广孝的声音忽然响起:"神器,把神器拿给我!"

_____

① 陈友谅的原名是陈九四,朱元璋的原名是朱重八。

赵敬忠闻声转头,却见姚广孝嘴角挂着一道血丝,两眼死死地盯着落在地上的神器。姚广孝也有神之血脉,听了端木琴两记琴音,显然也受了伤。

端木琴走上前,蹲下身捡起神器,举在面前好奇地看着。姚广孝有些着急,喝道:"快!抢回来!快!"

赵敬忠答应过刘伯温和端木琴,要把神器交还给神之子,此刻怎能伸手去抢?赵敬忠假意挣扎片刻,喘着气说:"不行啊,卑职……卑职现在一点力气都没有,根本爬不起来。"

姚广孝盯着端木琴,脸上挤出几分笑容:"丫头,只要把神器交给我,你想要什么,我都可以给你!"

"赵大哥,咱们改日再见。"端木琴把神器揣进怀里,负起瑶琴,转身向山下走去,对姚广孝毫不理会。

看着端木琴的背影远去，姚广孝脸上的笑容渐渐消失，转头瞥了赵敬忠一眼，道："快给我松绑。"

"是是是，卑职这就给您松绑。"赵敬忠故意做出一副手脚无力的样子，慢吞吞地爬到姚广孝身边，又磨蹭了好一会儿，才解开绳索。

姚广孝爬起身来，看看那黑衣人和张定边的尸首，又低头看着赵敬忠："你是锦衣卫？什么职务？叫什么名字？"

"是，"赵敬忠连忙抱拳躬身，"卑职南京锦衣卫总旗，赵敬忠。"

姚广孝点点头，淡淡地道："你做得不错，从今天起，你就是千户了。"

赵敬忠大喜过望，单膝跪倒，颤声道："谢国师大人栽培！"

22

赵敬忠一跃成为锦衣卫千户,南京镇抚司上下无不惊异。

张定边手下那些人大都被琴声震得七窍流血而死,仅有一人得以活命。赵敬忠连夜审讯,问出朱允炆下落后,他不敢独自居功,转告千户左君候,由左千户和马百户亲自率人找到了朱允炆。

尘埃落定,赵敬忠心满意足,左、马等人也都对他赞不绝口。

数日后的清晨,赵敬忠尚未醒来,就听有人在耳边呼唤道:"赵大哥,赵大哥。"

是端木琴的声音。赵敬忠睁开双眼,果然看到端木琴站在床前,正目不转睛地盯着他,脸上略带愁容。

赵敬忠坐起身来,打着哈欠问:"你怎么来了?"

端木琴并未回答,颦着眉道:"师父也来了,他有话要跟你说。"

赵敬忠不敢怠慢,穿衣起身,随着端木琴走出门外,果然见一身道袍的刘伯温负着手立在院子里。

刘伯温没有看赵敬忠,抬头望天,缓缓道:"赵大人,你愿意加入我们吗?"

赵敬忠下意识地看了端木琴一眼,摇头道:

"抱歉,晚辈暂时还没有这个打算。"

刘伯温叹道:"你有没有想过,姚广孝或许会对你不利。"

赵敬忠有些难以置信,摇着头笑道:"怎么会? 国师大人刚刚任命我做了千户。"

刘伯温默默无语,转过身,深深地望了赵敬忠一眼:"你违反姚广孝的命令,让琴儿带走了神器,而且,你知道太多秘密。对于姚广孝而言,你是一个很大的威胁。"

赵敬忠愕然,反口道:"我找到了'那个人',又曾救过国师大人,无论于公于私,他都没有对我不利的理由。"

刘伯温目光中浮出了几分悲悯,叹道:"既然如此,贫道这就告辞了,望赵大人多多保重!"

端木琴一直没有开口,等师父走远,才悄声道:"师父说得没错,你一定要多加小心!"

两人的告诫让升迁的喜悦蒙上了一层阴霾，赵敬忠有些不快，口中胡乱答应，目送端木琴快步离去。

刘伯温和端木琴的背影渐渐消失，赵敬忠伫立许久，只觉胸中烦躁，茫茫然若有所失。

姚广孝真的会对他不利吗？几乎整整一天，赵敬忠都在思索这个问题。

傍晚，赵敬忠正打算返回寓所，马乘风笑吟吟地出现在面前："千户大人，要到哪里去？"

赵敬忠连连摇手："马大人千万别再这么说，我现在不过是挂名千户，还没有实职。"

"呵呵，我明白，赵兄弟是实在人，喜欢低调处世，不过，你现在已经是名副其实的千户大人，总要有千户的气派才行。"

"马大人说笑了。"

马乘风笑嘻嘻地扯住赵敬忠："走吧。"

"去哪？"赵敬忠略感诧异。

"左千户特意在醉仙楼设下了宴席，庆祝赵兄弟高升！"

这种事自然无法推辞，赵敬忠与马乘风离开卫所，骑马向醉仙楼赶去。

张易之站在醉仙楼大门外，看见赵敬忠和马乘风并骑而来，忙迎上前去，满脸谄笑道："千户大人，卑职恭候已久，快请，快请！"

这张易之对下属向来颐指气使，没想到也有今天。赵敬忠心中暗笑，谦逊几句，与两人一起进了醉仙楼。

一楼大堂内，不见食客，仅有几个堂伴拿着抹布扫帚四下洒扫。醉仙楼向来宾客满座，今天却冷冷清清，赵敬忠心中奇怪，问道："今天是怎么了,怎的不见别的客人?"

左君候站在二楼栏杆后,长笑道:"今天是恭贺赵兄弟高升的大日子,为免闲人打扰,我特地把醉仙楼包下了!"

赵敬忠又惊又喜,连称不敢。张易之和马乘风一左一右,把赵敬忠扯到二楼雅间,按着他在主位坐下。赵敬忠再三逊让,左君候才坐了主位。

不多时,各色菜肴就摆得满满当当。左君候拎过酒壶,斟酒数杯,将其中一杯捧到赵敬忠面前,笑道:"今天这第一杯酒,祝赵兄弟官运亨通!"

"对对,"张易之和马乘风也一起举起酒杯,附和道,"祝赵大人官运亨通!步步高升!"

"不敢当,不敢当,兄弟能有今天,全仰仗各位大人的帮扶!"赵敬忠满心欢喜,双手接过酒杯,仰头一饮而尽。

酒水入喉,赵敬忠眉头微皱,把酒杯放到鼻翼下嗅了嗅。马乘风和张易之似笑非笑地看着赵敬忠,一起放下了酒杯。

"赵兄弟,怎么了？这酒,味道不对吗？"左君候盯着赵敬忠,手捻短须,脸上的笑容渐渐消失。

酒中有毒,而且不止一种,赵敬忠嗅到了牵机药和鹤顶红的味道！此外酒水里还混入了某种香料,用来掩盖毒药的气息,赵敬忠毫无防备,一时间竟然没能闻出来。

赵敬忠推席而起,目光从左君候、马乘风、张易之三人脸上逐一扫过:"为什么？为什么？"

左君候捻须摇头:"赵兄弟,这是国师大人的密令,至于为什么,我们也不知道为什么。"

"赵兄弟,我们也是奉命行事,不得不为。"马乘风目光中带着几分不忍,叹道,"或许,你知道的事情太多了。"

姚广孝！赵敬忠顿时恍然大悟。

赵敬忠知道姚广孝拥有神之血脉，还知道姚广孝曾勾结张定边。对于姚广孝来说，他知道的事情确实有点多。更何况，赵敬忠还和神之子有联系，并违反姚广孝的命令，让端木琴取走了神器。

所以，赵敬忠非死不可。

赵敬忠踢开椅子，踉踉跄跄地向门外走去，左君候等人默默地看着，并未上前阻拦。

刚推开雅间房门，寒光闪过，一柄短刃深深刺进了赵敬忠小腹。赵敬忠茫然抬头，却见段诚满脸歉意地站在面前："赵头，对不住了，我……我也是奉命行事。"

"琴儿说得对，我果然不适合待在官场里。"赵敬忠面带苦笑，贴着门板缓缓坐倒。

23

数年后,南京郊外墓园。长草萋萋,昏鸦低鸣,四野一片萧索。

端木琴左手提着竹篮,右手携着一个尚在总角的孩童,来到一座孤零零的坟茔前。她仍穿着那身青色长裙,容貌俏丽依旧,只是眉宇间多了几分风霜。

墓前没有石碑,也没有种植松柏,只有一座孤零零的坟茔,乍一看去,就像一个毫不起眼的小土包。

端木琴从竹篮中取出香烛、纸钱、果蔬、鸡鱼等祭品，一一摆放在墓前，又低头对那孩童道："娃儿，跪下，给你爹磕头。"

　　孩童满脸懵懂，还是听话地在坟前跪倒，结结实实地磕了几个响头。

　　端木琴取出火石，点燃了纸钱，轻声道："赵大哥，你放心，我已经替你报了仇，至于咱们的孩子，我会尽心抚养他长大成人，绝不会再让他踏入官场。"

　　孩童圆睁双眼看着母亲，好奇地问："娘，我爹怎么会在这里面？"

　　端木琴默然片刻，揉揉孩子的头发，柔声道："等你长大了，娘自然会讲给你听。"

　　孩童依旧懵懵懂懂，指指坟前摆放的祭品，苦着脸说："娘，我饿了。"

　　"那个你不能吃。"端木琴抱起孩子，在他脸蛋上亲了一下,"娘这就带你回家,做饭给你吃。"

孩子顿时开心起来,拍着手道:"我要吃翡翠包子,还要喝肉粥。"

"好好,咱们这就回城去。"端木琴拎起竹篮,牵着孩子的小手,一步三回头地离开了墓园。

创作谈

尚未结束的故事

/ 何涛

《靖难风烟》是一本前传小说，或者说，是前传的前传，是我创作的长篇小说《人神之间》的一部分。

《人神之间》的前传是一个短篇——《绣春刀·神之血脉》(后文简称《绣春刀》)，首发在《科幻立方》杂志上。而《靖难风烟》的故事又发生在《绣春刀》之前，因此，这篇作品称得上是前传的前传。

不知道从什么时候起，我有了一个颇具野心

的想法,打算写出一个类似漫威宇宙那样宏大的系列作品,就是这个想法催生了《人神之间》。

时光荏苒,几年时间一晃而过,回头看看,才意识到自己的想法太过荒唐,也太不自量力。好在《人神之间》的故事线已大致完成,世界观框架也初具轮廓,当然,距离我的愿望还十分遥远。

《人神之间》是科幻小说,故事背景我放在了未来,而前传,我选择了历史。中国有漫长的文明史,每一朝,每一代都发生过可歌可泣的故事,值得书写。我把明代王恭厂大爆炸作为了《绣春刀》的背景,而本文的构思却让我很是费了一番脑筋。

既然是系列作品,就要考虑到作品之间的关联性,还要给主要角色一个合理的动机,才能把故事讲得完整通顺。

思考再三,我把目光投向了明朝初年。

　　据史料记载,明成祖朱棣发起的靖难之役中,曾三次刮起怪风,帮助朱棣赢得了胜利。

　　比如本文中提到的白沟河之战,建文帝派出李景隆率领六十万大军平叛,燕军兵力不及,处于劣势。战事最为激烈之时,突然天降怪风。《明史》中记载:"会旋风起,折景隆旗。王乘风纵火奋击,斩首数万,溺死者十余万众。"

　　其余两场战役分别是夹河之战和滹沱河之战。同样是打得难分难解之时,突然妖风大作,吹得南军睁不开眼,朱棣却乘风而起,杀得南军落花流水。

　　三场大风使得数十万南军命丧沙场,整个战局也因此大变。有了这三场"神风"之助,"风之子"朱棣终于攻入南京,登上了大明皇位。

　　部分历史学家对这三场战役有不同的看法,

他们认为这三场"神风"很可能是朱棣杜撰出来的,其目的自然是为了向世人证明朱棣是得"上天之助"的真龙天子,有皇运加身,是大明皇位的合法继承人。

我不是历史学家也不是科学家,只是一名科幻小说作家,自然不需要去探寻历史的真相,只需要用这三场"神风"和靖难之役来作为故事的背景。

明史中记载,朱棣攻入南京后,建文帝朱允炆自焚而死。不少学者考证之后,认为建文帝其实逃跑了,削发为僧或是遁入了道门,隐居之时还写过诗歌怀念过往。

建文帝的下落是一桩历史悬案,朱棣也确实派人寻访过建文帝,《明史》曾记载:"胡濙遍行天下州郡乡邑,隐查建文帝安在。"

至于找到没找到，史书上语焉不详，至今还是一个谜。

靖难之役中的三场"神风"，再加上朱棣暗中寻找朱允炆，有了背景和动机，整个故事也就呼之欲出了。

当然，仅有故事背景和动机还不够，为了增加戏剧性，还要给主角设置一个强大的反派，思来想去，我想到了陈友谅麾下名将张定边。

张定边是陈友谅的发小，对陈友谅忠心耿耿，作战勇猛，不畏矢石，仅鄱阳湖一战就身中百余箭，几乎被射成了刺猬。而且张定边并非一介猛夫，史载他不仅通晓天文地理，还会占卜，堪称文武双全。

在陈友谅败亡之后，张定边不愿在朱元璋手下当官，出家做了和尚，据说古稀之年还曾力毙猛虎,可以说将人生活成了传奇。

由于是系列小说,本文也没有比较特别的点子,仅仅是把制造大风的"神器"归咎为了某种外星工具,以及外星人遗留下的基因,算是软得不能再软的软科幻。

至于本文的主角赵敬忠,则是整个系列中的关键人物——赵武的先辈。我惯于把主角设定为生活在社会底层的小人物,这样的人物才更有向上的动力。赵敬忠也不例外,出场时只是一介总旗。明代官职中,锦衣卫总旗是正七品,手下有几十号人,仅比作为小队长的小旗大一级,可说是最底层的武官。

文章中的赵敬忠并没有多么远大的理想,他一心一意寻找失踪的建文帝,目的就是升官发财。找到建文帝之后,他也就完成了自己的使命。

相对于整个系列来说,《靖难风烟》更像一个引子,为了引出其后更为宏大的部分。

所以,赵敬忠的故事结束了,而整个《人神之间》的故事,则刚刚开始。

历史与科幻：
文学创作的两极光谱

/ 何大江

如果文学创作有光谱的话，那么历史与科幻这两种类型，一定分别处于这个光谱带的两极。

科幻面向未来，历史针对过去；科幻象征未知，历史代表已知；科幻意味着或然率、可能性，而历史则是已成定局、不可更改。然而，却有一种特别的文学类型，将文学光谱上的这两极置于一体，这种类型便是历史科幻。

何谓历史科幻，即通过科幻文学的视角来观察历史事实和历史人物，并从科幻的角度进行新的阐释。

中国是一个有着深厚史学渊源的国家。无穷无尽的历史事件，又包含着无穷无尽的谜团。这些事件和谜团，无疑是文学创作巨大的素材宝库。比如明初所谓"靖难之役"，便是这样的一个渊薮。

在历史爱好者的口中，最为津津乐道的便是建文帝朱允炆的去向。当燕王朱棣的军队攻入南京城的时候，皇宫燃起大火，建文帝朱允炆不知所终。有人说他从秘道逃了出去，也有人说他烧死在大火中。

对于得位不正的永乐帝朱棣来说，建文帝的存在始终是他皇位最大的隐患，于是寻找建文帝便是永乐时期一根贯穿始终的暗线。著名的"郑和下西洋"，其中一项任务便是寻找建文帝。这并非后世臆想，而是明确记载于正史，《明史·列传第一百九十二》云："成祖疑惠帝亡海外，欲踪迹之，且欲耀兵异域，示中国富强。"

《明史·列传第三十三》则记载了明初重臣胡濙受朱棣之命寻访建文帝遗迹的史实，"遍行天下州郡乡邑，隐察建文帝安在"。胡濙自永乐五年起即各地寻访建文帝，其间母亲去世请假奔丧也不得允许。在外奔波十四年，胡濙在一个夜晚回到京城求见，已经睡下的朱棣立即召见，二人谈完之后已经漏下四更。胡濙察访的结果，正史并无向外透露，因为这是大明王朝的最高机密。如此，却也为各类民间传说留下了极大的想象空间。直到今日，也不时有消息说某地发现了当年建文帝生活的遗踪。神秘的红崖天书，也是这些传说中的一个。

红崖天书位于贵州省安顺市晒甲山崖石壁

上，残存有多个大者如斗、小者如升的符号。其正中是一幅法师击鼓图，一披袍人像手持长棒，似在敲击面前的圆形物。史载明朝嘉靖年间就有人研究这些符号的意义，其说法不一。而到了1999年，一位工程师声称红崖天书是建文帝逃到贵州后，刻在崖壁上的讨燕檄文，甚至给出了译文。讨燕檄文说当然难以得到证实，但其实正说明了这段历史的魅力。

何涛的历史科幻小说《靖难风烟》，正是以明初这段历史作为小说的背景。现在有一种说法是，"选择大于努力"。就多年的写作生涯而言，我对这句话无比认同。写作的整个过程，其实都是选择，从选题开始，就对作家是一个巨大的考验。然后文体、行文风格，以至于文本内容本身，无一不涉及选择。文学即人学，文学作品若能传之后世，无非是塑造了不可磨灭的人物形象，而塑造人物的秘诀其实也在于选择——将主人公置于两难的煎熬之中，人性方能得以突显。

我想说的是，选择"靖难之役"作为这篇小说的背景，充分显示了一名科幻作家深厚的历史素养。这段充满了谜团的历史，除了建文帝谜踪之外，还有改变白沟河等三场战役走向的神风，以及那位不为名、不图利，却辅佐朱棣打下天下的"妖僧"姚广孝。

如何对这些谜团进行解释，是除了"选择"之外，另一个考验作者的关键之处。而以科幻小说的形式来进行阐释，则让这段历史、这篇小说都别具魅力，也让对这段历史感兴趣的读者有了一种别样的期待。

对于历史科幻这种类型的小说，我近些年因为关注古蜀史的研究，也有一些个人心得。我曾在《科幻立方》杂志上发表过《三星堆》《猛犸金沙》等作品和读者分享一二。古蜀史在我看来以其独特性而著称,三星堆和金沙的文物更是让古蜀文明与众不同的奇谲瑰丽显得具象化。

我曾经有一个论断:"古蜀文化是科幻文学创作的富矿。"其实这是有着许多文物支撑的,比如体现古蜀人奇特而深刻的宇宙观,被称为"太阳树""宇宙树"的青铜神树;拥有着千里眼、顺风耳,外形奇异如"外星来客"的纵目青铜面具;神似宇宙飞船方向盘的青铜太阳形器……"富矿说",也能够从古蜀推及整个中国历史。

任何文学类型的创作,都会面临灵感来源的问题,科幻小说自然也不例外。在刻板印象中,科幻是面向未来的文学类型,因此它总应该与技术创新有关,应该在前沿科技中找寻灵感,比如方兴未艾的元宇宙、人工智能等。这种说法固然没错,但过多的重复会让事物失去弹性,人类对于文学艺术的审美体验同样如此。有一种说法是,"机器人、外星人和时间旅行被称为科幻的老三样",这种说法,无疑是对于上述刻板思维的调侃与反思。

然而,当科幻写作者把视野放到文学光谱的另一端——历史,便会发现一片新天地,充满了生机与弹性。

"科幻""历史",处于光谱两端的这两个关键词,其属性反差如此之大,就暗示它们的结合会有一种独特的审美价值。历史与科幻的碰撞,会产生绚丽的火花。

历史科幻小说,也可以视为科幻小说众多类型中的一种,而它本身,又可分为若干子类型。这其实是"历史""科幻"这两个关键词如何结合的问题,其结合的方式,在很大程度上也决定了作品题材的子类型,比如时间旅行(或者穿越)、或然历史……

前文提及,历史是已成定局、不可更改的,但是,对于这些"定局"却有着一万种重新解释的可能性。那么,以天然具备未来属性的科幻的视角,来对已然发生的历史进行解释,又多了很多倍的可能性——对于创作者而言,拥有全新的空间和工具;对于阅读者而言,则是全新的体验。

期待何涛以科幻的手术刀,在"靖难之役"的肌理上进行的解剖。

(作者系作家、记者,《青年作家》原副主编)